JN441497

의자 뺏기

의자 뺏기

미래인

일러두기

- 이 책은 2015년 살림Friends에서 출간된 『의자 뺏기』의 개정판입니다.
- 국립국어원 표기 원칙을 따르되, 이미 널리 통용되는 말은 그대로 표기했습니다.
- 소설 속 대화에는 인물의 성격과 특징이 드러나도록 입말을 사용하였기에 맞춤법에 맞지 않는 말이나 비속어가 포함되어 있습니다.

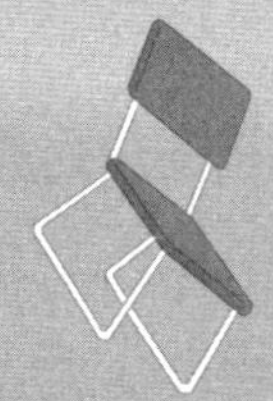

차례

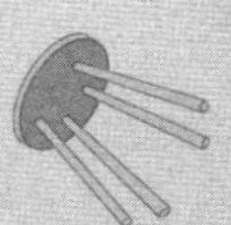

• • •

아니다, 그렇지 않다!

"내놔. 네가 가져갔잖아."

승미가 버럭 소리를 질렀다.

"아니거든! 진짜 어이없네? 내가 그랬다는 증거 있어?"

지오도 질세라 목소리를 높였다.

"네가 어제 마지막까지 교실에 남아 있었잖아."

"뭔 말이야? 내가 뭣 땜에 너희 걸 숨겨?"

"그거야 네가 알겠지."

"헐! 아는 바도 없고, 알고 싶지도 않고, 그 찌질한 리포트엔 관심도 없거든?"

승미네 모둠이 준비한 수행평가 리포트가 감쪽같이 없어졌다.

애초에 마감은 3교시였다. 그런데 승미네 애들이 리포트에 첨부할 게 있다며 선생님한테 야자 전까지 미뤄 달라고 조르더니, 학교 밖으로 우르르 나가 도표를 출력해 오는 의욕을 보였다. 그 사이에 희수 책상에 넣어 둔 리포트가 사라졌다. 누군가 훔쳐갔다고 생각한 아이들은 지오를 범인으로 몰아붙이는 중이었다.

"웃겨! 모른다면서 그게 찌질한지 어떤지 네가 어떻게 알아?"

"어떻게 모를 수가 있어?"

"뭐?"

"너희가 본 적도 없고 증거도 없으면서 내가 가져갔다고 몰아붙이는 거나, 찌질할 거 같다고 내가 추측하는 거나, 그게 그거 아니냐고?"

"미친 거 아냐?"

승미가 흰자를 희번덕이며 째렸다. 그렇다고 가만히 있을 지오가 아니었다. 역시 눈을 잔뜩 흘겼다. 일촉즉발의 위기에 승미를 따라다니는 시연이가 나섰다.

"야! 서지오, 네 속이 훤히 들여다보이는데 뭘 잡아떼냐? 욕심 때문에 한 짓이잖아? 솔직히 여기 우리 반 애들 거의 다 알걸?"

수행평가 과제를 조별로 나눠서 하는 게 좋겠다고 의견이 모였을 때, 지오는 손을 반짝 들고 혼자 하겠다고 나섰다. 이미 그것만으로도 지오는 반 아이들의 미움을 샀다. 그런데다 우연찮게 승미네 주제와 지오의 것이 비슷해서 그 문제로 실랑이를 벌였는데 공교롭게 이런 일이 생기다니……. 승미는 점수에 혈안이 된 지오를 꼬집고 싶은 거였다.

"다 알긴 뭘 다…… 안다는 거야?"

지오가 평정심을 잃고 발끈하자 승미는 승자의 여유를 느끼며 주변 아이들에게 동의를 구하는 눈빛을 보냈다. 그런데 하필 그 눈빛이 내 앞에서 딱 멈췄다.

"은오, 너도 알지?"

"어, 어……."

신음 같은 소리가 내 의지와 무관하게 입 밖으로 흘렀다. 사실 안다는 말을 하려던 게 아니었다. 난 승미의 카리스마에 순간 움찔했던 거였다. 하지만 이미 물은 엎어졌고 승미의 목소리는 점점 높아지더니 하늘을 찔렀다.

"거 봐. 은오조차 그렇다잖아!"

내 이름에 '조차'라는 보조사가 붙는 이유는, 지오와 내가 쌍둥이 자매이기 때문이다.

"야! 서은오! 너 아까 나 자는 거 봤지?"

지오가 앙칼지게 따졌다. 이름에 성까지 붙이니 우리가 '혈연'으로 엮였다는 사실이 새삼 떠올랐다. 하지만 승미의 시선에 묻어 있는 독소에 비하면 지오의 앙칼짐은 앵앵거리는 모기 소리에 불과했다. 난 대답 대신 멀쩡한 종아리에 침을 묻히고 긁기 시작했다. 벅벅. 종아리 위로 허연 손톱자국이 그려졌다. 난 나름 죄책감을 다리에 그리고 있었다. 내 대답을 기다리다 포기한 지오가 마침내 '배 째라' 하는 식으로 말했다.

"암튼 난 자느라 아무것도 몰랐으니까 맘대로들 하셔! 경찰에 신고하든지."

맞다! 난 봤다. 지오는 자고 있었다. 그것도 무릎 담요를 머리 끝까지 뒤집어쓴 채. 그리고 솔직히 말하자면…… 시연이가 희수 책상에서 뭔가를 꺼내는 것까지도 봤다. 따라서 이건 음모다. 지오에게 경종을 울리려고 승미가 쳐 놓은 거미줄이다.

'거미가 줄을 타고 올라갑니다…….'

우 씨! 잡아먹겠다고 줄을 타고 유유히 올라가는데 내가 뭘 할 수 있단 말인가. 옆에서 같이 버둥거려 주는 게 의리라고? 하지만 그래서 뭘 얻을 수 있단 말인가!

굳이 변명을 하자면 난 아직 전학생 딱지도 못 뗐다. 수다를 떨거나 마음 놓고 뒷담화 깔 친구도 없고, 매점이나 화장실에 같이 갈 애도 없다. 심지어 아이들은 내게 호의적이지 않았다. 쉬는 시간에 삼삼오오 모여서 수다를 떠는 소리가 들려 내가 같이 히죽거리면 걔들은 순간 황당하다는 표정을 노골적으로 지었다. '가까이 오면 쏜다!' 완전 이런 느낌으로. 게다가 아무리 조심해도 말 속에 섞어 나오는 사투리 때문에 아이들의 눈총을 받고는 했다. 그런데 이 시점에 승미 같은 애한테 맞설 이유가 있겠는가. 바보가 아닌 다음에야. 그렇다고 핏줄을 외면하느냐고? 그건 모르고 하는 소리다.

난 승미 같은 애를 잘 안다. 여왕벌 같은 애. 한번 찍히면 끝이다. 여왕벌의 손짓 하나에 일제히 움직일 일벌들의 아우성을 떠올리니 아찔하다. 차라리 승미의 그늘 속으로 조용히 들어가 납작 기고 싶은 게 솔직한 심정이다. 난 홀로 자족하며 우아하게 날개를 펴는 공작새가 아니다. 일개미라면 모를까. 다수에 묻혀서 헤헤거리며 더불어 살고 싶을 뿐. 그렇기에 이는 생존을 위한 최소한의 자구책이다. 아무리 지오와 내가 쌍둥이라 해도 생존보다 더 중요한 일은 없다.

난 어떤 식으로든 혼자가 되고 싶지 않다. 혼자가 되어 본 적이 있는 사람은 알 것이다. 그게 얼마나 무서운 일인지. 무덤 속 고요 같은 공포의 시간을 느껴 본 자가 아니라면 아무 말 마시라! 음모란 걸 알 리 없는 희수가 이를 드러내며 흥분했다.

"그럼, 누가 그랬단 거야? 나가기 직전까지 있었다구!"

"그거야 모르지. 니들이 그랬는지 어쨌는지."

"장난해? 우리가 무슨 자해 공갈단이야?"

지오만큼이나 점수에 혈안이 되어 있는 희수는 리포트의 행방을 몰라 울기 일보 직전이었다.

"네 거랑 주제도 비슷한데 우리 리포트가 그럴싸해 보이니까 그딴 짓 한 거지?"

그러자 지오는 비아냥 순도 99퍼센트인 특유의 '썩소'를 지어 보였다.

“웃겨! 난 기본적으로 너희를 경쟁자로 생각하지 않아. 주제가 비슷하면 뭐 하냐고. 반짝인다고 다 보석이야? 그리고 너네 너무 오바하지 마! 늦어 봤자 감점 좀 받을 테지만, 솔직히 그 점수 있다고 유리가 보석이 될 것도 아닌데 뭘 그래?”

헐! 지오, 쟤는 저게 문제다. 자기 눈을 자기가 찌르고 있단 걸 정녕 모른단 말인가?

“자뻑이 작렬하네!”

“재수 없어.”

“우웩, 토 나와. 대박!”

벌집을 쑤신 듯이 교실 안이 시끄러워졌다. 이로써 지오는 리포트를 훔치지 않고도 훔친 것보다 더한 죄명을 얻게 되었다. 일명 자뻑죄.

그렇다! 지오는 자뻑의 화신이다. 다른 사람도 아닌 혈연인 내가, 그것도 엄마 뱃속에서 열 달 동안 동거인으로 지낸 이력을 가졌음에도 불구하고 얄짤없이 생깔 수 있었던 이유는 바로 이거다. 아무리 생존이 급급하다 해도 혈연에게 갖는 최소한의 의리는 누구나 기본적으로 태어날 때 세팅되어 있다. 다시 말해 ‘핏줄 땡김’은 선택이 아니란 소리다. 그럼에도 불구하고 내가 ‘선 생존, 후 의리’를 내세우며 지오를 모른 척했을 때는 다 그만한 이유가 있었다.

'천상천하 유아독존' 하는 자뻑 증세 때문에 지오는 늘 주변의 공격을 받는다. 그런 지오를 내가 감싼다는 건 분별없는 행동이다. 지오가 저렇게 싸가지 없는 말만 하지 않았더라도 난 죄책감에 뒷수습이라도 하려고 머리를 굴렸을지 모른다. 하지만 이제는 아니다. 지오의 발언 때문에 난 자유로워졌다. 한마디로 쟤는 당해도 싸다.

지오가 교실 밖으로 나간 다음에도 아이들의 분노는 쉽게 식지 않았다.

"완전 재수탱이. 씨불이는 거 봐!"

"지만 잘났다는 거지?"

"싸가지가 바가지야!"

그때 누군가 말했다.

"쟤 모태 자뻑이잖아."

"맞아, 초딩 때부터 장난 아녔거든!"

그러자 승미가 기다렸다는 듯이 말을 했다.

"쌍둥이라도 은오, 앤 안 그러는데……."

이 말은, 승미가 나를 받아들이는 동시에 지오를 완전히 고립시킬 작정을 했다는 의미로 들렸다.

"어머! 대~ 박! 너희 진짜 쌍둥이야?"

그동안 몰랐던 애들도 호들갑을 떨며 거들었다. 일란성이냐,

근데 왜 넌 딴 데서 살았냐, 쌍둥이라면서 진짜 안 닮았다, 그래서 성격도 완전 다른가 보다, 쟤 집에서도 싸가지 없냐…… 등등.

"어…… 집안 사정상……."

누워서 침 뱉기는 할 수 없어 긴말은 참았다. 물론 집에서도 싸가지인 지오에 대해서는 잘근잘근 고자질하고 싶기는 했다. 안팎으로 새는 바가지라며. 그리고 지오 얼굴이 성형발이라는 것도 폭로하고 싶었다. 우리 일란성 맞다. 그런데도 지오는 성형 전 모습이 들통나는 게 싫어서 늘 이란성이라고 뻥을 쳤다. 하긴 난 지오의 '움직이는 성형 전 모습'이니까 나와 얽히는 게 싫긴 할 거다.

사정이 있다. 집집마다 들춰 보면 사정없는 집 없듯이, 우리 집에도 조금은 별스러운 사정이 있었다. 쌍둥이인 우리가 떨어져 살아야 했던 사정. 사실 어린 자식을 떼 내야 할 때는 좀 더 기막힌 사연이 있어야 할 것 같은데 솔직히 그건 아니다. 말하기 쪽팔릴 정도로 별 게 아니다. 하지만 엄마는 불가피했다고 한다. 뭐! 물론 세상사 모든 일에는 '입장 차이'라는 게 있어서 딱히 어떤 게 맞다고 주장하기는 애매하다. 하지만 내 입장에서 볼 때 그건 정말 말도 안 되는 이유라고 본다. 엄마가 살아만 있었다면 두고두고 그 문제를 따져 보려고 했는데…… 그래서 기필코 '내 말이 맞지!' 하고 엄마를 이겨 먹고 싶었는데. 엄마가 그런 식으로 치사하게 내뺄지는 몰랐다. 어쨌거나 우린 그렇게 자랐다. 이런 젠장!

야자 1교시 내내 공부를 한 자도 못 했다. 물론 전에도 안 했지만 안 한 것과 못 한 건 다르니까. 승미의 음모가 영 마음에 걸렸다. 옳지 않은 일이니까. 지오한테 사실대로 얘기할까? 하지만 그다음을 상상해 보면 진짜 악몽이었다. 길길이 뛸 지오와 복수하려는 승미. 상상만으로도 오금이 저렸다.

2교시가 되자 생각이 정리됐다. 승미는 지오와의 묵은 갈등 때문에 음모를 꾸민 것이 아닐까 싶었다. 어쩌면 예전에 지오가 저질렀을지도 모를 행동이 부메랑이 되어 돌아온 걸지도 모른다. 지오가 응당 치러야 할 대가라고나 할까? 그러므로 둘이 해결해야 할 일이었다. 나는 고래 싸움에 등 터지는 멍청한 새우가 되고 싶지 않았다. 고래들이 싸울 때 새우는 눈치껏 빠져야 한다. 하지만 곧 그 모든 생각은 다 필요 없는 일이 되었다. 야자 3교시 끝날 무렵, 느닷없이 학생주임 샘이 교실로 들어왔다. 샘은 다짜고짜 눈 감고 머리에 손을 얹으라고 하고는 일장 연설을 퍼부었다.

"비극이다! 아무리 우리 사회에 신뢰가 무너졌다고 해도 그렇지, 한참 선의의 경쟁을 해야 할 고삐리들이 그깟 점수 때문에 친구를 음해하고 반 전체를 불신의 늪에 빠뜨린다는 건 있을 수 없는 일이다. 고로! 이번 기회에 불신의 싹을 자르고자 한다. 에…… 안타깝게도 난 리포트 숨긴 놈을 안다. 익명의 제보가 들어왔어. 그러나 뉘우침의 기회를 주고자 하니 개기고 뉭쳐서 넘길 생각은 마라. 세상에 비밀은 없다는 거 너희도 알지? 자! 리포트 숨긴 놈은 머리에 얹은 손에서 조용히 손가락을 펴라. 물론 비밀은 보장해 준다."

고요한 가운데 작은 소리로 술렁였다.

"아, 존나 짱 나! 뭐야."

"씨발, 지들이 관리 못 하고 뭐 하는 짓이야."

"아시는데 뭐 하러 이렇게 해야 하나요? 걔만 뽑아 가면 되잖아요?"

겁도 없이 샘을 향해 돌직구를 날리는 놈도 있었다.

"저 학원 가야 하는데요?"

"엄마가 교문에서 기다려요. 늦으면 졸라 욕먹는데."

샘이 서늘한 미소를 지으며 말했다.

"제 말에 토 달면 토 나오게 늦게 가는 수가 있습니다!"

결국 토 나오게 긴 시간 동안 꼼짝 못 하고 있다가 샘의 오케이! 소리를 끝으로 간신히 풀려났다. 샘이 나가기 무섭게 지오가 선수를 쳤다.

"내가 그럴 줄 알았어!"

자기가 한 일이 아님을 분명히 하겠단 의도였다. 마치 손가락을 올린 애를 본 것 같이 말했지만 시연이가 자백했을 리 없었다. 다들 대단했다. 모든 걸 다 알고 있다는 샘의 말도 거짓일 거였다. 다만 샘은 이렇게 해서 재발을 막으려는 것이었다. 약삭빠른 자들의 합작품이었다.

"씨발, 좆같이. 지들이 간수를 잘했어야지."

"누가 꼰지른 거야? 꼴랑 감점 몇 점 땜에 이 난리야? 재수 없게."

몇몇 애들이 격하게 성깔을 부렸다. 범인이 누구인지는 아무 관심이 없었다. 다만 자신들이 붙들려 있었던 사실에 약이 바짝 올라 있을 뿐. 고로 화살은 당연히 승미네 애들을 향했다.

"우리 아니거든!"

승미네 애들이 극구 부인했지만 이미 늦었다. 어쨌거나 지오의 승리였다. 승미가 빠뜨리려고 했던 함정에서 교묘히 빠져나왔으니까. 덕분에 피 본 건 나였다. 난 익명의 제보자가 절대 아니다. 근데 승미가 의심의 눈초리로 보는 것 같았다. 괜히 쫄리는 기분이 들었다. 그렇다고 '나 아니거든!' 하며 외칠 수도 없었다. 승미와 시연이 뭐 밟은 표정을 하며 교실을 나갔다. 난 일부러 가방을 천천히 챙겼다. 지오와 같이 집에 가게 될까 봐. 할 수 없이 난 또 종아리를 긁었다. 책상 아래로 몸을 꺾어 다리를 긁으며 중얼거렸다.

"약아빠진 지오 가시나, 열나 재수 없다 아이가!"

학생주임 샘한테 꼰지른 건 지오가 틀림없었다. 지오는 어릴 적부터 늘 그랬다. 손해 보고는 못 사는 성격이니까.

*

초등학교 5학년 여름 끝자락, 한 발 들이민 서늘한 가을바람이 여름 태양 빛으로 노릇노릇 익은 세상을 서서히 식혀 주던 그즈음. 그날 밤의 기억은 아직도 선명한 영상이 되어 생생하게 남아 있다. 살면서 수천 번은 떠올려 본 기억이니까. 만약에 내 인생을 되돌린다면 딱 그 시점부터여야 한다. 되돌린다고 될 일이 아니었다는 걸 안 다음에는 오히려 머릿속에서 떨어내려고 애썼지만, 깊게 각인되어 버린 건 어쩔 수 없었다.

눈을 감으면 파도 소리가 배경음으로 깔린다. 쏴아~ 그리고 화면이 클로즈업된다. 어둠 속에 엄마 아빠와 그 옆에 나란히 누운 지오 그리고 내 모습이 실루엣으로 분명하게 드러난다. 지오는 깊은 잠에 빠져 있고 애석하게도 난 깨어 있다. 덕분에 난 엄마 아빠가 두런거리는 이야기를 고스란히 듣고 있다. 숨을 죽이고 말이다.

"장모님이 데리고 있기엔 차분한 지오가 나은 거 아냐?"

"아니지, 그래도 붙임성 좋은 은오가 낫지! 애가 좀 부산스럽긴 해도……."

방학이라 부산에 있는 외할머니 댁에 놀러 온 줄만 알았는데, 엄마 아빠가 이런 엄청난 이야기를 주고받을 거라고는 상상도 못 했다. 지금 두 사람은 이곳에 떨구고 갈 아이로 나와 지오 중에 누가 더 좋을지 고르고 있었다. 마치 탁구를 치듯 지오와 내 이름을 번갈아 들먹였다. 내 이름이 나올 때마다 초조함에 온몸이 바싹 말라 버릴 것 같았다. 그런데도 입속에서는 눈치 없이 침이 흥건히 고였다. 침을 삼킬 때마다 꼴깍 소리가 날까 봐 일부러 몸을 뒤척였다. 몸을 뒤집는 틈을 타 침은 냉큼 목젖을 넘어갔다.

부모님은 논의 끝에 지오가 남는 것으로 결론을 냈다. 애가 진중하니 큰 사고를 칠 염려도 없고, 데퉁맞지 않은 데다 식탐도 없으며, 책임감이 강하니까 부모 그늘이 아니라도 절대 딴짓은 안 할 거라며. 그동안 먹을 것에 욕심부리고 숙제도 제때 안 하고 자주 그릇을 깨 먹은 내 자신이 미치게 대견스러웠다. 그렇게 결론이 났구나 하며 안심했는데…… 웬걸? 5분도 채 지나지 않아 두 분은 말을 번복했다.

"그래도 은오가 낫지."

우 씨! 화가 났다. 지오랬다가 은오랬다가…… 한 사람의 운명을 어떻게 저런 식으로 가볍게 뒤집는다는 말인가?

정말 몰랐다. 엄마 뱃속에 동생이 들어 있다는 사실도 당연히 몰랐고, 걔로 인해 쌍둥이인 지오와 나, 둘 중 하나가 이곳에 떨궈진다는 사실은 더더욱 몰랐다. 하긴 알았다 한들 무슨 상관이겠는가? 지구가 돌 듯이 일은 변함없이 진행될 게 뻔한데.

아마도 이 모든 일은 외할머니의 생각에서 시작됐을지도 모른다. 외할머니는 늘 우리 둘만 보면 혀를 차셨다.

"하나씩 순번대로 기 나오지, 뭐 그리 급하다꼬 한꺼번에 튀나와 니 엄마 진을 빼노!"

간발의 차이로 내가 먼저 나왔으니 이 이야기는 당연히 지오한테 해당됐다. 그런데도 할머니는 꼭 우리 둘을 골고루 보면서 이야기를 했다. 마치 공동 책임이라는 듯이. 콕 찍어 지오한테만 이야기하면 좋을 텐데! 그래서 난 부산에 오는 게 별로였다. 어디서부터 어떤 식으로 우리가 잘못했다는 건지는 잘 모르겠으나, 우리를 탐탁지 않아 하는 할머니 앞에서 난 늘 주눅이 들었다. 주눅은 사람을 오그라들게 만드는데, 종잇조각처럼 구겨지는 내 자신이 싫어서 이곳에 오면 유난히 더 말썽을 부렸다. 전날에도 그런 마음에 신발을 던지다가 항아리 뚜껑을 깨고 말았다. 혹시 그 일이 발단이 된 걸까? 엊그제 이곳에 막 도착했을 때 할머니는 우리를 보자마자 대뜸 탄성을 내질렀다.

"아따, 이 가시나들. 지 엄마 등골 빼먹고 쭉쭉 잘도 번졌네!"

분명 할머니의 얼굴에는 반색이 돌았지만, 난 '번졌다'는 말에 몸을 움츠렸다. 엄마의 등짝 중간쯤에 빨대를 꽂아 등골을 쪽쪽 빨아먹는 흡혈귀 같은 내 모습이 연상되어서 소름이 끼쳤다. 등골은 무슨 색일까? 할머니는 엄마의 진을 빼는 우리를 갈라놓아 반으로 줄여 보자고 했으리라.

결과를 기다리는 내 초초함과는 무관하게 엄마 아빠는 뜬금없이 꽁냥꽁냥한 분위기를 연출했다.

"거기 아니…… 거기 아래 오른쪽…… 응 응, 그래 그래, 거기 긁어 줘. 아잉, 시원해."

평상시 엄마는 상대의 말끝을 똑똑 잘라서 쌀쌀맞게 말했다. 그런데 아빠가 등을 긁어 주자 콧소리가 섞인 말을 했다. 그리고 곧이어 엄마는 몸통이 울리는 소리를 냈다. 아빠의 등 긁기가 어느새 안마로 변한 듯싶었다.

"근데에…… 당앙신으은…… 애들 떼 놓……는 거 괜찮은 거지잉?"

엄마가 '괜찮은 거지?' 하고 묻는 건, 괜찮지 않다고 이야기하기만 하면 가만히 안 있겠다는 뜻이나 다름없었다. 그건 내가 안다. 숱하게 겪어 봤으니까. 엄마에게는 그런 힘이 있었다. 정확하게 조준해서 상대에게 자신의 요구를 관철시키는 그런 힘 말이다. 물론 아빠도 잘 알기에 모범 답안을 말했다.

"그럼, 괜찮지이."

"당시인…… 엄마가…… 한…… 소리 하실 텐데……."

"노인들이야 뭐, 그럴 수 있지. 하지만 당신이 힘든데…… 괜히 저번처럼 또 유산되면 어떡해? 집에서 노는 사람도 아닌데……."

"그……치이? 당신 마알이…… 백번 맞아."

엄마는 교묘하게 이 모든 일의 기획자가 아빠인 것처럼 말했다. 아빠가 선봉에 서서 일을 기획하는 경우는 거의 없는데도 말이다.

"그럼 이참에 그냥 두고 갈까?"

엄마는 결승점에 들어선 사람처럼 잽싸게 아빠 쪽으로 몸을 돌려 말했다.

"지오? 은오?"

"누구든! 초기라 몸조심해야 하는데 자주 움직이기도 그렇고…… 그냥 이번에 내려온 김에 두고 가지 뭐!"

"그래도 정말 괜찮을까? 애들이 학교에서 배우던 것도 있을 텐데……."

"됐어! 초등생이 뭐 대단한 거 배운다고!"

허걱! 발등에 불이 떨어졌다. 지오인지 나인지는 둘째 문제라 치더라도 이참에 두고 간다니……. 아무리 우리가 별것 안 배운다고 해도, 우리한테도 사회생활이란 게 있는 건데 어떻게 정리할 시간조차 안 준다는 건지, 황당할 따름이었다.

"뭐…… 짐이야 부치면 되는 거고……."

아까 분명 내가 부산스러우니 지오가 낫겠다는 이야기로 끝났으니까, 지오가 남을 거라는 결론을 스스로 내리고는 가늘게 안도의 숨을 쉬었다.

지오와 떨어져 사는 게 어떨지 궁금해졌다. 늘 둘이 있다가 혼자가 된다는 건 어떤 기분일까. 그리고 지오와 함께 나눠 쓰던 물건들. 예를 들면 금박 머리띠, 게임기와 자전거 그리고 지난겨울에 반반씩 돈을 모아 산 빨간색 떡볶이 코트와 부츠는 어떻게 해야 하는지도 과제로 남았다. 유난히 신발 욕심이 많은 지오는 절대 양보를 안 할 것이다. 그렇다면 혹시 한 짝씩 갖게 되는 걸까? 이런저런 걱정들이 뒤죽박죽 마음속을 들락거렸다.

다음 날 또 한 번의 반전이 일어났다. 밤새 지오와 나를 두고 번복했던 걸로도 부족했던 걸까? 어이없는 마지막 반전이었다. 나로서는 더없이 비극적인…… 이런 걸 운명이라고 해야 하나?

아침밥을 먹다가 지오가 생선 가시를 삼켰다. 그런데 좀처럼 빠지지 않았다. 맨밥을 삼키면 괜찮다고 해서 입속에 연거푸 쑤셔 넣었는데도 꼼짝 안 했다. 아주 작정을 하고 박힌 듯했다. 결국 병원에 갔다. 의사는 지오의 입속을 들여다보더니 금세 가시를 빼냈다. 의사는 시시할 정도로 순식간에 일을 끝내더니만, 뒤돌아 엄마와 눈을 맞추고는 삿대질하듯 말했다. '아데노이드 비대증' 때문에 애가 코로 숨을 못 쉬는데 왜 이렇게 방치했느냐며. 위압적인 말투에 윽박질이 섞인 표정까지 지으며 엄마에게 소리를 내질렀지만 엄마는 의외로 차분했다.

"선생님, 그럼 어쩌죠?"

엄마는 언제 어디서나 누구에게나 당당하게 뻗대는 편이었다. 그런데 웬일인지 평상시와는 달리 낮은 자세였다. 엄마는 진심으로 의사의 충고를 받아들이기로 작정을 한 듯, 넘치게 의욕적으로 대책을 의논했다. 의사는 아데노이드 비대로 인해 숙면이 불가능해 집중력이 떨어져 학습장애를 일으킬 수도 있고, 키가 자라지 않을 수 있다고 했다. 게다가 잇몸이 돌출해 얼굴 모양이 변할 수도 있으니 빠른 시일 내에 수술을 하는 것이 좋겠다고 권했다. 수술을 하려면 지오는 서울로 가야 했고, 결국 내가 이곳에 남는 수밖에 없었다. 완전 어이없었다. 이럴 수가…….

난 찍소리도 못 했다. 지오 목에 가시가 박힌 것도, 급하게 병원에 간 것도 누구를 탓할 수 있는 일이 아니므로. 하지만 간밤에 혼자 마음 졸였던 시간이 다 쓸데없는 일이었다고 생각하니 좀 황당했다. 하필 깨어 있는 바람에 먼지같이 퀴퀴한 근심을 나 혼자 다 들이마신 기분이랄까? 아무것도 모른 채 잠들어 있던 지오는 우아하게 일상으로 돌아갔는데 나만 이게 뭐람? 이 모든 일이 너무 조용하게 마무리된 상황도 억울했다. 외마디 비명조차 질러 보지 못하고 다 털린 기분이었다. 내가 낙점되었을 때 싫다고 울며 떼를 쓰는 발악 정도는 했어야 했는데…… 그 정도의 저항은 통과의례처럼 해야 했는데 바보같이 난 그것조차 못 했다.

지오 목에 가시가 걸려 호들갑을 떨던 그날 오후. 석양빛이 몸을 외로 꼬아 비켜나기 시작하던 시간에 엄마는 나를 데리고 할머니 집 뒤뜰로 갔다. 멀리 앞산에는 이미 어둠이 드리워져 내 마음을 짓누르는 것 같았다. 낮에 보던 산과는 사뭇 달랐다. 그 위압적인 분위기 때문에 한껏 주눅이 들어 있는데 엄마마저 한패인 듯 목소리를 깔았다.

"은오야!"

눈물이 흐르지는 않았지만, 뭔가 눅진한 것이 엄마의 눈동자 아래에 고이는 걸 난 분명 봤다. 그랬기에 대답 대신 눈만 껌뻑거렸다. 어색했다. 온몸이 간지럽고 갑갑해서 콧구멍이라도 후빌까 하고 검지손가락을 올리는데 엄마가 내 손을 끌어다 두 손으로 꼭 쥐었다. 그러고는 첫 대사를 깊숙이 찔러 넣었다. 낮고 은밀한 목소리로.

"은오야, 엄마는 우리 은오를 믿어!"

그건 일종의 포박이었다. 상대의 숨통을 은근히 죄는 포박. 다리라도 흔들면서 '믿는다니? 뭘? 나를? 왜?' 하고 묻고 싶었지만, 그럴 분위기가 아니었다. 얌전히 엄마의 말을 들어야 하는 타이밍이었던 것이다. 엄마는 조곤조곤 말을 이어 나갔다. 나를 이곳에 두고 갈 수밖에 없는 이유에 대해. 그리고 엄마는 나에 대해 믿는 게 정말 많았다. 엄마 뱃속에 있는 동생의 건강을 위해 맏이로서 양보를 해 주리라고 믿고, 착한 어린이답게 할머니 말씀 잘 듣고 잘 지낼 것을 믿고, 이곳은 서울과 달라서 공부를 덜 하며 즐겁게 잘 지낼 수 있을 것을 또 믿는다며. 엄마의 낮고 부드럽고 달달한 말투가 너무 낯설어 아무 말도 할 수 없었다. 후렴구처럼 반복되는 '믿는다'는 말은 부드럽게 몸을 내리누르는 무거운 솜이불이 되어 나를 꼼짝 못 하게 했다. 그보다 더 강력한 말은 "네가 지오보다는 더 착하잖니?"였다. 엄마는 눈을 찡끗거리며 나와 단둘이서만 공유하는 비밀이라는 듯 은밀하게 지오에 관한 흉을 늘어놓았다.

“지오, 걔는 까탈스럽고 욕심도 많고 성격이 지랄 맞은 데가 있어서 어디다 맡겨 놓기가 영 편치가 않아! 그런데 우리 은오는 싹싹한 데다 성격도 살갑고 붙임성도 좋고 착해서 엄마가 진짜 미더워! 지오에 비하면 우리 은오는 천사야.”

지오보다 더 믿음이 간다는 말이 나를 족쇄처럼 옭아맸다. 간밤에 오가던 이야기와 사뭇 달랐지만 되물을 수도 없었다. 여튼 엄마가 애써서 내게 날개를 달아 주는데 바닥에 패대기를 칠 수 없으니 나는 시늉이라도 해야 했다. 날갯짓을 하며 고개를 끄덕이는 내게 엄마는 뿌듯함에 어쩔 줄 모르겠다는 표정을 지으며 물었다.

“아 유 오케이(Are you OK)?”

이런 질문의 답은 하나다. 어차피 객관식도 아니고 선택의 여지가 없다는 걸 모르는 내가 아니므로.

“아임 오케이(I’m OK)!”

지금에서야 말인데…… 그때 난 ‘아니다. 괜찮지 않다’라고 했어야 했다. 물론 그랬다 한들 결과가 달라지진 않았을 거다. 어차피 정해져 있었으니까. 그럼에도 불구하고 난 그랬어야 했다.

• • •

아임 오케이!

“너 뭐냐고! 진짜 열나 짜증 나게 이게 뭐야! 아아악!”

현관에 선 지오가 날선 칼끝으로 칠판을 긁어 대는 것 같은 비명을 지르며 발을 동동 구른다. 미색 캔버스화가 더러워졌다고 아까부터 저 난리다. 며칠 전 학교에서 있었던 일 이후로 줄곧 삐져 있더니만 급기야 내게 시비를 거는 중이다. 그럼 그렇지. 그냥 넘어갈 리가 없지. 어차피 일정 시간의 발작을 견뎌야 하므로 난 서둘러 이어폰을 낀다.

‘크레센도 워어~ 목소릴 높여 하이, 날 좀 알아줘 하이.’

음악을 들으며 지오를 보니 볼만하다. 성질나서 발광하는 지오가 마치 춤을 추는 것 같다. 햇살에 바짝 마른 경쾌한 구름,

그 위로 퐁퐁 튀는 것 같은 청아한 뮤지션의 음색과는 전혀 안 어울리는 춤사위라 약간 아쉽긴 하지만. 차라리 눈을 감고 음악에 몸을 싣자 싶어 머리채를 흔드는데 갑자기 등 뒤가 번쩍하며 아파 온다.

"은오 가시나! 니 꺼 두고 와 남의 걸 건드노? 언능 가 빨아 줘라!"

외할머니가 다짜고짜 내 등짝을 팬 것이다. 연타로 하나, 둘, 셋, 넷. 나도 최대한 소리 높여 악을 쓴다.

"와! 와 나만 잡나?"

"시끄릅다!"

"안 신었다카이!"

"그라문 누고? 내가 신었것나?"

맹세코 난 아니다. 난 캔버스화를 안 좋아한다. 지나치게 단정해 보여서 별로다. 좋아하지도 않는데 남의 것을 몰래 신을 이유가 없다. 하지만 이쯤에서 관두기로 한다. 승미가 작정을 하고 지오에게 덫을 놓았듯이, 지오 역시 나를 상대로 그러는 중인데 거기에 대고 아니라고 외쳐 봐야 소용없다. 그리고 더 중요한 건 할머니는 언제나, 무조건 지오 편이란 거다. 그러니 어차피 이길 수 없는 게임이다.

마음을 접고 물었다.

"됐다! 그럼 우야면 되는데?"

물론 안다. 할머니가 지오를 더 좋아해서 편을 드는 건 아니라는 걸. 언젠가 왜 지오만 싸고도냐고 따져 물었더니 할머니는 내게 눈을 찡긋거리며 말했다.

“저 가시나 건드려 봐야 좋을 거 하나 없으니 그라지!”

내가 만든 지오의 별명을 할머니도 아시는 걸까. 나 혼자만 머릿속으로 되뇌는 지오의 별칭, 지랄탄. 휴가철 바닷가에서 파는 폭죽인데 불을 붙이면 미친 듯이 발광을 하다가 터져서 ‘지랄탄’이라고 부르는 데, 딱 지오가 그 모양이다.

“시끄럽다마! 후딱후딱 해 줘라!”

할머니가 콩 볶듯이 재촉했다. 난 하는 수 없이 지오 운동화를 들고 욕실로 들어갔다. 물론 열심히 빨지 않았다. 대충 헹군 운동화를 구석에 세워 놓았다. 그러고서 거울을 봤다. 얼굴 구석구석에서 미처 빼지 못한 피지 같은 걸 찾아 짰다. 밖에서 들리도록 물은 세차게 틀어 놓은 채로. 되도록 욕실 안에 오래 있어야 내 노동 시간이 길게 느껴질 것이고, 그래야 비로소 지오의 분이 풀릴 것이다.

우리 집에선 이런 부조리한 일이 자주 벌어졌다. 나와 외할머니가 상경해 지오와 살게 되면서 시작되었는데, 이젠 거의 습관처럼 설정되어 있다. 지오가 발작하듯 신경질을 내면 할머니는 나를 야단치고 그럼 ‘난 죽었다’ 하고 참는 식이다. 그러다 보면 지오의 신경질이 마무리된다. 일종의 살풀이 의식이라고 할 수 있다. 물론 나도 자존심이 있고 성깔도 있다. 하지만 지오를 확 받아 버리지 않는 데는 나름의 계산이 있다. '앞으로 밑지고 뒤로 남는다'는 말이 있다. 나는 지금 지오에게 부채감을 갖도록 하고 그걸 차곡차곡 쌓는 중이다. 다시 말해 지오는 저런 잔 신경질을 퍼붓는 대신 내게 빚을 지고 있다는 거다. 지오가 내게 빚을 지기 시작한 건 5학년 때부터니까 그 총량은 어마어마하다. 그건 어떤 식으로든 나중에 효력을 발휘할 것이다. 세상에 공짜는 없으니까. 그렇다고 내가 지오를 상대로 무시무시한 복수극을 계획하고 있다거나 악랄하게 빚 독촉을 할 계획이 있는 건 아니다. 난 단지 지오의 빚을 발판 삼아 자유롭고 싶을 뿐이다. '난 그동안 너한테 할 만큼 했어!' 하는 안도감이 나를 자유롭게 할 것이다.

며칠 전 학교에서 있었던 일도 그런 맥락이다. 함정에 빠진 지오를 굳이 내가 손수 건지지 않았어도 된다. '가시나! 그동안 니가 나한테 우쨌는데?' 이 생각을 하면 진실과 무관하게 난 내가 원하는 대로 선택해서 행동할 수 있어서 마음이 편하다. 죄의식을 느낄 필요도 없다. 지오가 내게 진 빚이 있으니까. 물론 그건 나만 아는 계산법이다. 하지만 지오 역시 무조건 자기편을 들지 않았다고 내게 대놓고 따지지 못하는 걸 보면 내 계산법이 지오에게도 약간은 먹힌다는 소리다. 물론 지오가 내 의도를 다 알 리는 없지만, 아마도 걔는 내가 레포트를 빼내는 시연이를 목격하고도 못 봤다고 시침을 뗄 만한 아이는 못 된다고 생각했을 것이다. 평상시에 자기한테 당하고 있는 것만 봐도 '은오, 잰 원래 저래' 하는 생각에 내게 큰 불만도 없었을 것이고.

지오는 운동화만으로는 분이 안 풀렸는지 계속 트집을 잡았다. 식탁 위에 책들을 필요 이상으로 넓게 펼쳐 놓으면서 내 미용 팔레트를 옆으로 쓱 밀어냈다. 그러자 팔레트가 바닥으로 떨어지며 쨍강하고 요란한 소리를 내는 바람에 할머니가 또 진화에 나섰다.

"야 야! 거 좁은 데 달라붙어 있지 말고 은오 니캉 일루 와라! 아, 공부하는데 괜히 거치적거리지 말고!"

16평짜리 원룸에서 성향이 다른 세 사람이 사는 건 정말 힘든 일이었다. 아무리 복층이라 해도 이 층은 다락방이라 누워 있을 때 말고는 쓸모가 없었다. 난 내 물건들을 대충 정리해서 위로 올라가 누웠다. 여지없이 할머니가 또 한소리를 했다.

"은오 이 가시나야! 벌써 디비져 누우면 잠밖에 더 안 오겠나! 한 자라도 눈 까뒤집고 더 봐야……."

뒤이어 줄줄이 이어지는 잔소리. 구시렁구시렁……. 요즘 들어 할머니의 잔소리는 날로 심해지고 있었다. 딱히 내게 해 대는 잔소리가 아니더라도 할머니는 눈에 보이는 모든 것을 말로 풀어냈다. 음소거 버튼이 있으면 꺼 두고 싶을 정도였다.

부르르. 핸드폰이 몸을 떨었다. 승미였다. 그날 이후 승미는 내게 소소한 호의를 베풀었다. 내가 익명의 제보자가 아니라는 확

증을 가진 다음부터다. 전에는 지오와 내가 쌍둥이라는 사실 하나만으로 나를 엄청 씹어 댔는데, 이제는 아이러니하게도 그 이유로 내게 호의적이 된 거다. 어쨌거나 이유를 막론하고 승미는 생깔 수도 없고, 생까서도 안 되는 존재였다. 지오를 의식해서 일부러 큰 소리로 말했다.

"하이, 승미!"

전화기 너머로 왁자지껄하는 아이들 소리가 들렸다.

"은오. 너 미용 배운댔지?"

"어? 어!"

하긴 한다. 공부로는 도저히 나아갈 바를 찾을 수 없을 것 같아 궁여지책으로 미용 학원을 다니기 시작했다. 그래 봤자 이제 두 달 남짓 지났지만.

"할 말 있는데 나올래?"

"지금?"

"어. 여기 전철역 4번 출구 패스트푸드점."

"오, 오케이!"

다소 경쾌하게 내뱉은 답변이었으리라. 아니! 경쾌함을 지나쳐 방정맞아 보였을 것이다. 지오가 듣고 있다는 걸 알기에 최대한 발랄하게 말했으니까. 이걸로 지오와의 오늘치 계산은 끝낸다. 메롱!

소나기 같은 할머니의 잔소리를 흠뻑 뒤집어쓴 채 탈출하듯이 집을 나섰다. 탈주자의 밤거리는 상쾌하기 이를 데 없었다. 자유의 맛을 입안 한가득 넣고 잘근잘근 씹어 봤다. 서울에서 누군가가 불러 약속 장소로 나서기는 오늘이 처음이 아닐까 싶었다. 기분 찢어지는구나!

약속 장소에 들어서자, 승미를 둘러싼 서너 명의 아이들이 일제히 나를 향해 손을 흔들었다. 여자애 두 명은 학교에서 몇 번 본 적이 있는데, 학교에서와는 달리 경계심 없는 눈빛으로 나를 반겼다. 나머지 두 명은 남자애인데 그중 힙한 스타일의 남자애가 내 시선을 사로잡았다. 딱 꼬집어 뭐라 말하긴 힘들지만 범접할 수 없는 인싸의 아우라가 훅 느껴졌다고나 할까? 경우에 따라서는 날라리로 보일 수도 있을 듯한 차림이지만. 암튼 묘한 기분이 알싸하게 입안에 감돌았다. 비로소 이곳에서 세상과의 접점을 찾게 될 것 같은 예감이 뇌리를 스쳤다. 그간 친구 하나 없이 외로운 섬처럼 지낸 시간이 과거가 되는 순간이었다.

"우리 팀에 합류할래?"

승미는 같은 실용음악 학원에 다니던 친구들과 록 밴드를 만들었는데, 다음 달에 열리는 지역 청소년 축제에서 공연을 하게 됐다고 한다. 그런데 나에게 애들의 분장을 맡아 달란다. 연극도 아니고 음악 공연에 딱히 분장이랄 게 있을 리 만무하건만 승미는 나를 위해 없는 자리를 애써 만든 것 같았다.

"완전 콜!"

'시다바리'를 하라고 해도 할 판인데 분장이라니, 헤헤. 나도 모르게 입꼬리가 자꾸 올라갔다. 게다가 록 밴드? 밴드를 구경하기만 해도 황홀한데 나보고 일원이 되라니, 거절할 이유가 없었다. 우리 고딩들은 이런 식으로 '꺼리'를 만들어서 서로의 교집합을 찾는다. 그렇게 역사를 만들어 가는 것이다. 아마도 지오가 이 사실을 안다면 틀림없이 '찌질이 인증 제대로 하시네!'라며 비웃을 거다. 그럼 난 속으로 응수할 거다.

'그래, 너 잘났어! 혼자 외톨이로 잘 살아 봐라.'

상상하는 것만으로도 열 받는다.

"위하여!"

가로등이 내뿜는 희미한 조명 아래서 우리는 도원결의를 하듯 캔맥주로 건배를 했다. 흩날리는 복숭아 꽃잎은 없지만 개천가 다리 아래 후미진 구석이라 분위기는 제법 그럴싸했다. 조명도 좋고 에코도 죽이고, 저 멀리 하늘에는 구름에 비딱하게 기댄 초승달도 눈치껏 분위기를 잡아 줬다.

"짜장을 위하여!"

밴드 이름이 '짜장'이란다. 서로의 재능을 비벼서 영혼을 살찌우는 음악을 한다는 의미라고. 촌스럽지만 정이 간다.

"그럼, 난 단무지 하면 되겠네."

내가 음악을 하는 건 아니니 단무지처럼 곁다리로 끼겠다고 말하니 힙한 남자애가 정정한다.

"무슨 소리야? 이렇게 우리 다 비벼서 짜장이라니까."

순간 울컥했다. '우리'라는 말이 이렇게 정겨울 수가 없다. 나까지 넣어 우리로 만들어 주다니. 심지어 걘 이름마저 김우빈이라니 더더욱 멋져 보였다. 살가운 놈! 다가가 뺨이라도 꼬집어 주고 싶을 정도로 감격이었다.

"접수!"

사실은 머리 숙여 고맙다는 말을 하고 싶었지만 너무 굴욕적인가 싶어 참았다. 다시 생각해 보니 짜장이란 이름이 완전 근사하게 느껴졌다. 나, 너 나누지 않고 비벼서 혼연일체가 되어야 제대로 된 짜장이 되니까. 난 짜장이라는 말이 너무 좋은 나머지 벤치 위에 올라가 팔을 벌리고 큰 소리를 지르며 오버를 했다.

"난 조선의 짜장이다!"

이게 다 맥주 때문이었다. 사실 처음 먹어 본 맥주는 생각보다 밍밍하면서 씁쌀하기만 했다. 뱉고 싶었지만 애들과 어울리고 싶어서 다 들이켰다. 알코올 기운이 들어가자 서서히 얼굴색이 달라졌다. 알코올은 뱃속 어딘가에서 단단하고 야무진 기운으로 뭉치더니 울끈불끈 용기로 솟구쳤다.

"누구든 내를 무시까기만 하면 확 다 쌔려 버릴끼다!"

대체 왜 이런 말이 뜬금없이 튀어나온 거지? 내가 뱉은 말에 나조차도 놀라서 숨이 막힐 지경이었다. 멈칫하는데 의외로 아이들이 호탕하게 웃어 줬다. 아마도 진한 사투리 때문이었으리라.

"와, 무시라~"

누군가 사투리로 되받아쳤다.

"쌔려 버린다니 조심들 해라."

"짜장에 진짜 꼰대 나셨네."

의도한 바 없이 튀어나온 말이지만, 뒷걸음으로 쥐라도 잡은 격이 되었다. 덕분에 승미를 비롯해 일정 거리 밖에 있던 아이들이 순식간에 가까워졌다. 다들 격의 없이 굴기 시작했다.

"은오, 너도 똘끼가 있구나?"

승미의 웃음기 섞인 질문은 마치 지금부터 또라이처럼 굴어도 된다는 허락처럼 여겨졌다. 아니, 대단한 역할이라도 받은 듯이 흥분됐다. 근처에서 농구 시합을 하는 아이들을 향해 괴성도 질러 보고 콧노래도 흥얼거렸다. 그러다 우빈이라는 애의 어깨를 톡 쳐 봤는데, 걔도 나한테 친밀감을 표현할 작정인 듯 자기 어깨로 내 어깨를 밀쳤다. 어쭈구리? 내친김에 나도 어깨를 치려는데 이번에는 내 손가락을 잡아 폈다.

"내가 너 뭐 하나 가르쳐 줄게. 해 볼래?"

"뭔데? 좋아."

"자! 나처럼 해 봐. 저기 달을 향해 서서 양팔을 벌린 다음 손가락을 쫙 펴 봐! 그리고 눈을 감고 미간 한가운데 마치 하나의 점이 있다고 생각하고 거기에 온 기운을 모으는 거야. 돋보기로 불 피울 때 초점을 잡듯이…… 그리곤…….”

기시감이 스멀거리며 나도 모르게 뒷말을 이었다.

“그럼…… 손가락 끝에 우주의 기운이 걸려드는 거지? 지오 세이(say)…….”

그러자 김우빈은 귀신이라도 본 듯 눈이 휘둥그레져 삿대질까지 해 가며 말을 더듬었다.

“어? 너…… 그거…… 어떻게 알아?”

“그러는 넌?”

때마침 애들이 부르는 소리에 대화는 거기서 멈췄다.

다음 날 김우빈한테 전화가 왔다. 그 애는 안부도 없이 바로 본론으로 치고 들어왔다.

“너 그거 어떻게 아냐니깐?”

“뭐?”

“그거. 지오 세이.”

“어떻게 알긴? 원래 알아.”

“야! 니 이름이 선오랬나?”

“아니, 서은오야.”

“뭐? 서은오? 대~ 박! 아, 맞다! 너 부산에서 전학 왔댔지? 야! 너 지금 어디야?”

목소리가 거침없이 커지더니 지금 당장 만나자고 했다.

김우빈은 만나자마자 거두절미하고 대뜸 자기 이름부터 밝혔다.

"야! 나 몰라? 나 선집이야. 김선집."

"뭔 집?"

"가시나! 니, 내 모르나? 이기대공원서 같이 놀던 선집이라꼬."

"뻥치시네!"

힙한 인싸 보이가 어릴 적 나와 부산에서 놀던 그 뚱땡이 찌질이라니? 말이 돼? 도저히 일치가 안 되는 상황이었다. 게다가 이름도 달랐다.

"야! 넌 김우빈이라며!"

"그건 밖에서 부르는 이름이고 본명은 선집이야."

"진짜? 그 뚱땡이 선집이라고?"

"하~모! 나, 맞다."

"맞나~"

시간은 사람을 여러 모양으로 빚어내는 재주가 있나 보다. 하긴 다시 찬찬히 살펴보니 어릴 때 이목구비는 남아 있었다. 거기에 경상도 억양이 더해지니 어슴푸레한 기억이 되살아났다.

"그 뚱땡이 맞네."

"와~ 이래 만난다꼬?"

우린 잠시 호들갑을 떨면서 재회의 기쁨을 나눴다.

선집이는 내가 부산에 남겨졌던 5학년 여름 방학 끝자락, 그 길고도 어둡기만 하던 터널 같은 시간을 견디게 해 준 아이다. 무음으로 영상만 돌아가듯 먹먹하던 시기에 처음으로 내게 입을 떼게 만든 아이. 그러다 하루아침에 신기루처럼 사라져 버린 바로 그 아이다. 이렇게 다시 만나다니…… 이런 걸 운명의 장난이라고 하나? 그 애의 등장에 반가우면서도 뭔지 모를 불안감이 스쳤다.

*

부산에 남겨진 5학년 여름 방학은 정말 지루했다. 지구를 몇 바퀴 돈 기분이 들 정도로 길게 느껴졌다. 지오와 엄마 아빠가 깡그리 사라지고 열흘 동안은 정전이 된 기분이었다. 세상이 컴컴한 어둠 속에 갇힌 기분. 아니, 그건 기분이 아니라 사실이었다. 할 일이 아무것도 없었으니까. 외할머니는 갑자기 동네 배드민턴 동호회 회장을 맡아 눈코 뜰 새 없이 바빴고, 나는 눈에 다래끼가 나서 집에 갇혀 있어야 했다. 막상 거울을 보면 별것도 아닌데 눈을 떴다 감을 때마다 주먹만 한 혹이 들썩거리는 느낌이 드는, 그야말로 존재감 쩌는 고약한 다래끼였다. 덕분에 나는 할머니가 해 놓은 지겨운 반찬 삼총사, 김과 햄, 계란프라이를 매일 먹으면서 아침이면 나를 잡아먹으러 나타나는 시간을 멀뚱히 바라보기만 했다.

다래끼가 꾸둑꾸둑해질 즈음에도 밖에 나가고 싶은 의욕조차 생기지 않았다. 난 그곳이 싫었다. 싫증나도록 바다를 볼 수 있다는 점과 동네마다 낯선 사람들이 거품처럼 부걱거려 늘 잔칫집 분위기인 건 괜찮았지만, 나머지는 다 싫었다. 특히 눅진한 바닷바람이 척척 감기는 게 정말 짜증 나게 싫었다. 바람은 사정없이 온몸을 휘감으며 찝찔한 침을 묻혔다. 척척 안기고 휘감는 건 바람만이 아니었다. '무데뽀' 같은 동네 아줌마들도 견디기 힘들었다. 대체 나를 언제 봤다고 '야 야!' 하면서 마구잡이로 불러 댔다. 그건 동네 애들도 마찬가지였다. 내가 둑방에 앉아서 과자를 먹는데 웬 남자애가 다짜고짜 자기도 좀 달라며 인상을 썼다. '나 좀 줄래?' 하며 부탁을 하는 게 아니라, 마치 '왜 안 주는 건데?' 하는 억양이었다. 매너라고는 찾아볼 수가 없었다. 암튼 이 동네 사람들은 서론 없이 본론으로 쳐들어오는 데는 다들 선수 같아서 선뜻 밖에 나가고 싶지 않았다.

할머니 집에서는 이상하게 텔레비전도 재미가 없고, 핸드폰도 시시했다. 엄마 아빠는 매일 전화를 걸어서 지루할 정도로 똑같은 질문만 해 댔다. 지오와는 통화조차도 안 했다. 지오와는 전화로 이야기를 해 본 적이 없어서 전화로 뭔가를 말한다는 것 자체가 어색했다. 하지만 이건 나만의 생각일 뿐, 솔직히 지오는 나의 부재를 즐기고 있을 게 뻔했다. 내 책상을 달달 뒤졌을 테고,

내가 아끼는 옷이나 신발도 마음대로 써 댈 것이다. 그러니 나를 궁금해할 이유도, 전화를 할 리도 없겠지.

그냥 기운이 없었다. 뼈 없는 연체동물이 된 기분이 들었다. 그리고 그날 밤, 엄마 아빠가 나와 지오를 놓고 저울질하던 그 기억이 자꾸만 떠올랐다. 빈집 툇마루에 앉아 자꾸 그 생각을 떠올렸다. 그럴 때마다 가슴 한구석이 아파 왔다. 찌리릿! 통증이 가로세로로 움직이며 나를 쳤다. 세상 모든 게 다 시시해졌다. 이것과 저것의 차이가 별 게 아니란 생각, 이것일 필요도 없고 저것일 필요도 없고 모든 게 다 종이 한 장 차이라는 거.

그즈음 선집이를 만났다. 할머니 집은 해수욕장을 끼고 돌아앉은 나지막한 돌담집인데, 집 뒤쪽으로 5분 정도만 걸어가면 산이라 불리기에는 민망할 만큼 낮은 산이 하나 있었다. 아마도 그 중턱에서였던 걸로 기억이 난다. 순덕이를 찾으러 나갔다가 거기서 선집을 만났다. 순덕이는 할머니가 이웃집에서 잠시 빌려 온 강아지다.

"야 야! 가시나, 니 그거 가발이가?"

혹시 강아지를 못 봤느냐고 묻는 내 말은 완전 무시한 채, 선집은 대뜸 반말로 지껄였다. '가시나'라는 말이 거슬려 난 놈을 향해 있는 힘껏 째려보았다. 그런데도 전혀 개의치 않고 그 애는 시건방지게 또 물었다.

"니 머리 그거 우웨 붙인기가?"

그러더니 무례하기 짝이 없게 다짜고짜 허리까지 닿는 내 머리를 잡아당겼다.

"아야!"

"이 뭐꼬? 이 진짜가? 언제 일케 길렀노?"

입과 눈을 완전 동그랗게 만든 걸 보면 놈은 진심으로 놀란 모양이었다. 그제야 난 모든 게 이해됐다. 놈은 커트 머리를 한 지오와 내가 헷갈린 것이었다. 그 애가 놀라는 표정을 보니, 순간적으로 놈을 골탕 먹여야겠다는 생각이 들었다.

쌍둥이라고 하면 사람들은 으레 말한다. 재밌겠다. 그러고는 이어서 묻는다. 둘이 바꿔서 학교에 가 봤냐, 사람들을 속여 보지 그랬냐는 둥. 묻는 사람은 처음이겠지만 듣는 우리에게는 진부하기 짝이 없는 질문이다. 실제로 우린 그런 일을 해 본 적이 없었다. 보는 사람들에게 우리는 닮은꼴이겠지만, 우리는 서로가 너무도 다르기 때문에 상대를 흉내 내는 일은 도저히 할 수가 없다. 다시 말해 닮은꼴 외모는 보는 이들에게나 의미가 있지, 우리 당사자에겐 별 의미가 없다는 것이다.

하지만 당분간 지오는 부산에 안 올 테니 놈을 놀려 먹을 수 있겠다 싶어졌다. 순간 내 머릿속에 그럴싸한 시나리오가 그려졌다. 난 눈을 동그랗게 뜨고 일부러 말까지 더듬어 가며 그 애에게 물었다.

"너…… 혹시…… 개를…… 설마…… 본 거야? 언제?"

"뭔 소리고?"

"나랑 똑같이 생긴 머리 짧은 애를 본 거지?"

"맞다! 저번에 저 둑방 건너서 내캉 자전거를 탔다 아이가?"

"정말?"

"그기 너 아이라꼬?"

몇 달 전 할머니 생신 때 지오가 엄마와 둘이서 이곳에 온 적이 있었다.

"혹시…… 봄에?"

"그랬던 거 같네. 방죽에 벚꽃 눈이 펑펑 내려 정신 사나웠다 아이가."

난 엄청나게 심각한 표정을 짓다가 손바닥으로 얼굴을 가리고 우는 시늉을 했다. 작정만 하면 이 정도 연기는 일도 아니니까. 나의 심각한 모습을 본 아이는 갑자기 버벅거리기 시작했다.

"근데 와? 몬데? 니 와이러노?"

"걘…… 내 쌍둥이 동생이야. 근데……."

말을 잘라먹고는 휙 등을 돌렸다. 그러고는 눈알에 최대한 힘을 주며 눈물을 짜냈다.

"근데 뭐? 와?"

성공적으로 눈물이 고인 눈을 과장되게 깜빡대며 말했다.

"걘 1년 전에 죽었어. 저기 바다에서 수영하다가……."

놈은 까무러치게 놀라며 뒷걸음쳤다.

"아이다! 아이다! 그라문 내캉 자전거 탄 아는 누꼬?"

그 대목에서 그 애가 겁먹은 채로 돌아서서 줄행랑을 쳤다면, 거기까지만 하고 끝냈을 것이다. 그런데 그 애는 그러지 않았다. 정말 질기게 물고 늘어졌다. 그래서 난 이야기를 더 지어내기 시작했고 심지어 그 애까지 말을 보태는 바람에, 우리는 우리만의 거짓의 성을 쌓기 시작했다.

'전에 네가 본 머리 짧은 애는 내 쌍둥이 동생 지오이며 1년 전에 부산에 왔다가 해수욕장에 빠져 죽었고 그 이후로 내가 부산에 오면 귀신이 되어 나타난다. 아마도 이 근처를 떠나지 못하고 어슬렁거리는 것 같다. 뭐 원한이 있어서라든가 그런 건 아닐 테고, 갑자기 죽은 사람은 자기가 죽은 줄 모르고 이승을 떠나지 못한다던데 그런 게 아닐까 싶다. 암튼 가끔씩 나타나 내게 이런 저런 훈수를 한다. 그런데 어떻게 너한테 나타난 건지 정말 놀랍다.'

뻥치지 말라며 펄쩍 뛸 줄 알았는데, 의외로 놈은 자기도 영화에서 그런 걸 본 적이 있다면서 나를 부추겼다. 내 거짓말에 한 치의 의심도 품지 않더니 더러는 자기가 앞서기도 했다. 순진한 건지 멍청한 건지…….

"맞다! 아인 게 아이라, 그 가시나 다리가 억척시릅게 빠르다 했다! 자전거를 타는데 이래 이래…… 어찌나 빠른지 내 따라가는데 똥줄이 빠졌다카이!"

지오는 자전거를 잘 탄다. 다른 운동도 잘하는데 공부도 잘한다. 애석하게도 난 그 반대다. 그런데 깍쟁이 지오가 어떻게 저 애랑 어울렸을까? 아마 또래 애가 자전거를 타니까 경쟁심이 생겨서 앞서거니 뒤서거니 하면서 잠깐 놀았을 것이다. 이제 녀석은 지오를 귀신이라 확신하고 이야기를 마냥 부풀렸다.

"그 가시나, 얼라만치로 어찌나 졸라 대는지…… 내캉 담에 만나면 내 보물 하나 준다 캤는데…… 근데 갸가 귀신이라꼬! 귀신이 머 할라고 그딴 걸 달라 캤는지……."

설마! 지오가 떼를? 그럴 리 없을 텐데……. 하지만 난 그냥 맞장구를 쳤다. 어차피 우린 거짓의 성을 쌓는 중이니까.

"내 동생이 좀 떼쟁이야."

묘한 쾌감이 들었다. 푸딩같이 미끄덩한 거짓말을 한 수저 듬뿍 뜨니 기분이 째졌다. 솔직히 지오가 나한테 떼를 쓴 적은 별로 없었다. 그럴 필요가 없었으니까. 지오가 떼쓰기 전에 늘 내가 먼저 양보를 했다. 하지만 만약 내가 그러지 않았다면 분명 지오는 떼를 썼을 것이다. 그러므로 엄밀히 내 말은 거짓말이 아니다.

"니 함 볼래?"

"뭘?"

"니 동상이 달라꼬 졸라 대던 그거 말이다."

계속되는 그 애의 거짓말은 천연덕스럽기가 나와 막상막하였다. 나도 승부 근성이 돋아났다. 속으로 '그렇다면 좋아, 질 수는 없지!' 싶어 갑자기 벼락 맞아 감전된 것처럼 화들짝 놀라는 시늉을 해 보이며 소리쳤다.

"어, 어, 저기! 저기! 지오…… 방금 지오가 왔어."

말까지 더듬으면서 몸을 떠는 연기가 그럴 듯했는지 그 애는 한 치의 의심도 없이 내 말을 믿었다. 내 손가락 끝을 따라 고개를 돌리더니 손까지 흔들었다. 그 행동이 어찌나 진지하게 보이던지 순간 움찔했다. 얘 뭐야? 내 말을 정말 믿는 거야? 아님 믿는 척을 하는 거야?

"근데 와 내 눈에는 안 비는 기고?"

"원래 그래. 동시에 두 명한테 보이는 귀신은 없어."

"아! 원래 그런 기가?"

고개까지 크게 끄덕이더니 허겁지겁 말했다.

"니 여 있어 봐라. 내 언능 갖고 오께."

그 애는 미친 듯이 둑방길을 달려가더니 정말 오래지 않아 다시 나타났다. 숨이 턱끝까지 차서 헥헥거리면서 상자를 내게 내밀었다.

"이거 함 봐."

그 애가 들고 나온 건 온갖 잡동사니가 들어 있는 상자였다. 하지만 잡동사니라고 치부할 수만은 없는 것들이었다. 나름 테마가 있었는데 소리 나는 것들의 집합이라고나 할까? 조악한 양철 모빌부터 문방구 뽑기에서 나온 것 같은 구슬 박스, 그리고 대체 어디서 긁어모은 건지, 진심으로 궁금해질 정도로 많은 '시체 오르골'이 있었다. 굳이 시체 오르골이라고 표현하는 데는 이유가 있었다. 왜냐하면 그것들은 대개가 다 껍데기는 없고 뼈다귀만 앙상하게 남은 해골 모양이었다. 아이는 진지하게 그것들의 태엽을 감기 시작했다. 그러자 하나씩 하나씩 돌림노래처럼 각자의 소리를 내기 시작했다. 앙상한 뼈다귀들이 내는 소리라기엔 너무 아름다웠다. 나는 가슴이 먹먹해지기 시작했다. 앙상하고 가냘픈 소리들이 이어지며 내 가슴속에 켜켜이 쌓인 뭔가를 긁어 댔다. 발끝이 닿지 않는 어딘가로 끌려들어 가는 듯한 몽롱함이 그리움으로 바뀌면서 하마터면 울음이 터질 뻔했다. 그 순간 그 애가 종이로 싼 뭔가를 내게 건넸다.

"자! 이거 니 동생 해라 케라! 우웨 줄진 내도 모르지만."

유일하게 멀쩡한 오르골이었다. 파란 드레스를 입고 피겨 스케이팅을 하는 소녀가 은반 위를 빙글빙글 도는데 누가 봐도 탐낼 만했다.

"갸 피겨 스케이팅 선수가 인자 곧 될 거라꼬, 그래 싸턴데…… 그게 갸 꿈이라 카데?"

어? 지오가 피겨 스케이팅을 한다는 것까지 아는 걸 보면 완전 뻥은 아닌가 싶었지만 정말 의외였다. 지오가 처음 보는 애랑 그런 말까지 했다는 것도 의외이고 또 작년부터 스케이트를 배우기는 했지만 선수가 되는 게 지오의 꿈이라고 했다는 것도 의외였다.

'지오가 선수가 되겠다고? 난 금시초문인데?'

그 애가 어찌나 완강하게 그 오르골을 내 손에 쥐어 주던지, 어영부영 들고 집에 갖고 와 책상 위에 놓았다. 그런데 이상하게도 그 파란 드레스의 소녀를 볼 때마다 왠지 마음 한구석이 묵직해졌다. 오르골 소녀가 예쁜데도 이상하게 보고 싶지 않아서 수건으로 덮어 놓았을 정도다. 며칠 뒤 그 이유를 알게 되었다. 지오에게 선집이 이야기도 재미 삼아 할 겸해서 집에 몇 번씩 전화를 했는데 아무도 받지 않았다. 할 수 없이 엄마가 다니는 보험회사로 걸었다. 웬 아줌마가 기다리라고 하더니 자기들끼리 이야기를 나눴다.

"김정임 씨 요새 안 나와요?"

"김 주임? 관뒀잖아. 딸내미 뒷바라지 때문에 진작 그만뒀지. 새벽부터 아이스링크 따라다니느라 정신없다던데?"

머릿속에서 윙~ 하고 기계 돌아가는 소리가 들렸다.

'엄마 배 속에 있다는 내 동생은? 그렇다면 내가 여기 남은 건 처음부터 계획된 일이었을까?'

이런저런 생각들이 머릿속을 가로질러 다녔지만, 기계음 때문에 더 이상 깊게 생각을 이어갈 수 없었다. 전후 좌우 머릿속을 뒤적거리며 생각을 더 찬찬히 하고 싶었지만 왠지 무서운 마음에 아무것도 할 수 없었다. 대책 없는 성적표를 받았을 때 얼른 가방

속에 처넣어 버리는 그런 심정이랄까?

다음 날, 나는 파란 드레스의 오르골 소녀를 할머니 집 뒷담 아래 깊이 파묻었다. 그때는 내가 할 수 있는 일이 그것밖에 없었다. 그리고 때때로 목울대를 뻐근하게 조여 오면서 울음이 번지려고 할 때면 나지막이 외었다.

'아임, 오케이! 아임, 오케이라카이!'

• • •

엉킨 매듭을 푸는 방법

"자, 여러분! 대박 대박 사건이에요. 일단 박수!"

종례 시간에 담임 샘이 느닷없이 지오를 일으켜 세우더니 아이들에게 박수를 치라고 선동을 하셨다. 수행평가 과제로 냈던 지오의 리포트가 경기도 교육청에서 실시한 청소년 공모전에서 입상을 했다고 한다. 손뼉을 치는 애들은 많지 않았다. 대신 다들 헐! 하는 표정이었다. 그놈의 리포트 때문에 벌어진 일련의 사건 때문에 모두들 시큰둥했다. 샘도 전후 사정을 모를 리 없건만 어물쩍 넘어가지 않았다. 담임은 기어코 아이들에게 손뼉을 치라며 부추겼다.

"자 자! 다시!"

그럼에도 불구하고 아이들이 요지부동이자, 담임은 권위에 대한 도전으로 받아들이고 화를 내기 시작했다. 얼굴이 벌게진 채 콧김을 몇 번 뿜어내더니 급기야 이기주의가 만연한 요즘 세태에 대해 격분한다는 요지로 설교를 퍼붓고는 나가 버렸다. 덕분에 적의의 화살은 담임 샘의 몫까지 더해져 지오에게로 향했다.

"토 나온다."

"악착을 떨더니만……."

"아놔! 이기주의의 화신이 누군데, 왜 우리한테 난리야?"

하지만 정작 지오는 이어폰을 끼고 고개를 숙인 채 영어 단어를 외우는 데 열중하고 있었다. 그 모습에 열 받은 시연이 참다 못해 지오 옆을 지나가는 척하면서 책상을 세게 밀자 단어장이 바닥에 떨어졌다.

"야!"

"이런! 내가 건드렸나?"

지오는 신들거리는 시연을 한 번 째려보더니 단어장을 주워 올리고는 다시 이어폰을 꼈다. 하지만 시연 때문에 기분이 잡친 표정이었다. 게다가 단어장 한쪽이 떨어져 덜렁거리는 걸 발견하더니 샤프펜슬을 노트 위에 패대기쳤다. 지오는 한껏 짜증 난 표정으로 잠시 있더니 갑자기 벌떡 일어나 다짜고짜 시연에게 갔다. 그러고는 시연의 교복 넥타이를 잡아떼서는 창밖으로 내던지더니 나가 버렸다. 보는 내가 입이 벌어질 정도였다. 와! 하여간에 지오는 강적이었다. 정말 순식간에 벌어진 일이라 다들 멍하니 밖을 내다보았다. 시연의 자줏빛 넥타이는 플라타너스 이파리 사이에 꽃처럼 매달려 있었다.

"야! 네가 꺼내 와!"

시연이 대뜸 내게 분노를 돌렸다. 순간, 어이가 없었다. 시연이가 나와 지오 그리고 승미까지 얽힌 미묘한 알력 관계를 모를 리 없었다. 게다가 이제 난 어엿한 짜장 멤버라는 사실까지도 알 텐데. 그런데 왜 새삼 내게 이런 식의 도발을 하는 건지 이해가 안 됐다. 둘러보니 승미는 없었다.

"내가 왜?"

"네가 지오, 재랑 같은 편이니까."

"편? 무슨 같은 편?"

"네가 그날 지오 망봐 줬다며? 리포트 뽀릴 때 말이야. 나쁜 계집애, 아닌 척하더니."

하마터면 '야! 그거 네가 했잖아!' 하고 진실을 밝힐 뻔했다.

"뭐? 누가 그딴 헛소릴 해?"

"승미가 그러던데? 겉 다르고 속 다른 애라고."

그럼 그렇지! 승미의 의중이 섞이지 않은 행동을 시연이 할 리가 없었다. 하지만 그렇다고 시연이 시키는 대로 냉큼 행동할 수는 없었다. 여차하면 시연이 밑으로 서열이 밀릴 수 있는 일이기도 하고 무엇보다 그건 사실이 아니니까. 난 단호히 거절하는 뜻으로 고개를 휙 돌렸다.

"됐거덩!"

허세는 부렸지만 사실 좀 불안했다. 아니나 다를까 귀갓길에 승미가 일방적으로 통보했다. 내게 맡기기로 했던 공연 분장은 없던 일로 하겠다고.

"이유가 뭐야?"

"뭐, 톡 까놓고 말해서 분장이 필요한 건 아니었으니까."

"야! 장난하냐?"

나도 모르게 화를 벌컥 냈다. 내가 바보가 아닌 다음에야 그 정도는 알았다. 애초부터 분장은 허울 좋은 명분이었다. 그러니 이제 와서 새삼스럽게 나를 뺄 이유가 없었다. 승미는 지금 내게 실력 행사를 하고 있는 거였다. 일종의 길들이기라고나 할까? 여기서 대들면 난 그냥 아웃이었다. 난 얼른 방금 뱉은 말을 걷어들이고 비굴 모드로 바꿨다.

"아니, 승미야, 너 뭔가 오해한 거 같아. 내가 그날 지오 망을 봐 줬다고 시연이가 그러더라?"

"시연이가 한 말을 내가 어떻게 알아? 네가 지오 망봐 줬니?"

"아니!"

"아니면 된 거지, 뭘 따져?"

"시연이가 나보고 지오랑 같은 편이니 뭐니 하기에……."

"편? 우리 반에 무슨 편이 있어? 완전 어이없네."

"아니 그게 아니라……."

"그나저나 넌 지오랑 쌍둥이라면서 같은 편이 아니라니…… 그럼 너희 서로 적이야? 자매끼리 그래도 돼?"

참 나! 어떻게 대꾸해도 트집이 잡혔다. 승미는 제련 기술자처럼 나를 물속에 넣었다 뺐다 하는 식으로 담금질하는 중이었다. 아니, 어쩌면 조용히 매장을 하려는 건지도 모르겠다. 갑자기 마음이 급해졌다. 가만히 앉아서 당할 수는 없었다. 어떤 이유로든 짜장을 포기하고 싶지는 않았다. 그곳은 내게 새로운 세계다. 짜장은 여러 장르를 섭렵하기 때문에 다양한 음악을 즐길 수 있다는 점에서도 내게는 천국 같은 곳이었다. 몰랐다면 모르지만 이미 그 세계를 맛본 나로서는 쉽게 포기할 수 없었다.

대체 원인이 뭘까 재빨리 머릿속을 뒤적였다. 그날 첫 모임 이후로 일주일에 두 번씩 모였다. 물론 내가 하는 일이란 아이들 간식거리를 사다 주거나 악보를 복사해 오거나 옆에서 리듬을 맞추는 정도로, 분위기를 띄우는 데 보탬이 되는 추임새를 넣는 것이었다. 그렇다고 내 존재감이 없었던 건 아니다. 드럼을 맡은 승미나 일렉 기타를 치는 선집, 그리고 보컬을 맡은 기준, 건반을 치는 희주 말고는 매니저 역을 맡은 재현이나 미원이도 할 일이 없기는 매한가지였다. 그래도 걔들보다는 내가 음 이탈을 잡는 데는 탁월했다. 무엇보다 난 기타를 좀 쳤다. 독학으로 배운 것치고는 대단하다는 칭찬도 들었다. 음악에 있어 맹물은 아니란 소리다. 그래서 연습 전 장비 세팅부터 기타 튜닝까지도 잽싸게 잘 해냈다. 게다가 분위기를 띄우기 위해 너스레를 떠는 일에도 내가 더 적격이었다.

다만 마음에 걸리는 게 있다면 선집이 나와의 어릴 적 친분을 내세우며 지나치게 친한 척하는 것이다. 이에 승미가 한두 번 신경 쓰는 듯한 눈빛을 보내던 게 생각났다. 하지만 선집의 친한 척은 분위기를 위한 것이지, 나에게 특별한 감정이 있어서는 절대 아니었다. 놈은 매정한 데가 있다. 농담할 때는 한없이 헐렁하게 보이다가도 매정할 때는 살벌하기가 이를 데 없었다. 특히 연습할 때는 매섭게 맺고 끊어서 꼬리를 자르고 가는 도마뱀이 연상될 정도다. 아마도 승미는 선집의 그런 성깔을 좋아하는 게 아닌가 싶었다. 승미의 카리스마를 압도하는 강력한 아우라 말이다. 난 모험을 해 보기로 했다.

"근데…… 너 혹시 선집이, 아니 김우빈 때문에 나한테 그런 거야?"

승미의 반응이 어떨지 조심스러웠지만 승부수를 한번 띄워 봤다. 어차피 승미가 내게 보일 수 있는 반응은 뻔했으니까.

"뭐?"

역시! 내 말에 승미의 눈빛이 심하게 흔들렸다. 하지만 승미는 흔들리는 눈빛과는 무관한 말을 뱉었다. 역시 말은 마음을 담는 투명한 그릇은 못 되나 보다.

"헐~ 개유치찬란하기는!"

그걸로 승미와의 대화는 끝이 났다. 더 이야기를 이을 끈이 없었다. 승미 역시 꼬리를 자르는 데는 일가견이 있는 아이니까.

주말이 되자 나는 애써 모른 척하고 연습 장소로 나갔다. 혹시 승미의 마음이 변했을지도 모르니까. 그리고 다른 애들이 내 편을 들어 주지는 않을까 하는 기대도 있었다. 선집을 비롯해 나머지 애들은 비교적 내게 호의적이었으니까. 하지만 연습실은 텅 비어 있었다. 선집의 금색 바디의 일렉 기타가 의자 위에 놓인 걸로 봐서는 잠시 외출을 한 것 같기도 해서 전화를 해 봤지만 누구 하나 받지 않았다. 기타 스트랩을 어깨에 걸고 피크로 잠시 기타를 튕겨 보다가 밖으로 나갔다. 밤늦도록 애들에게 연락이 없어서 괴로워하는데 전화가 울렸다. 놀랍게도 승미의 목소리는 아주 밝고 맑고 명랑하기 이를 데 없었다.

"은오야, 잠깐만!"

어라? 이게 무슨 일인가 싶었는데 곧 깨달았다. 선집이 승미의 전화 너머에서 크게 떠들어 대기 시작했다.

"야! 너 관둔다며? 치사 빤스다. 혼자 나가떨어지는 법이 어딨냐? 학원이랑 겹치지 않게 연습 시간 바꾸면 되잖아!"

어떤 상황인지 머릿속이 환해지도록 이해가 됐다. 뒤이어 옆에서 떠들어 대는 나머지 아이들의 투정 섞인 비난이 가슴에 팍팍

꽂혔다. 치사하다, 배신 때리냐, 쌔려 버리겠다……. 특히 보컬인 기준이가 하이 톤으로 어찌나 괴성을 질러 대던지, 그게 너무도 정겹게 느껴져 울컥했다.

전화를 끊고 창가에 적요하게 걸린 달을 보고 있자니, 가슴이 저미도록 아파 왔다. 난 이불을 뒤집어 쓴 채 소리 없이 울었다. 승미의 음모에 새삼 분노를 느낀다거나 혹은 아이들과 같이 있고 싶다는 절절함 때문이라든가, 구체적으로 어떤 감정이 떠올라서 맺힌 울음이 아니었다. 그건 마치 내가 태어나기 전부터 내 안에 단단히 맺혀 있던 슬픔이 졸지에 풀어 헤쳐지면서 터져 나오는 것 같았다. 오래 묵은 만큼 그 농도가 짙어서인지 울음은 쉽게 멈추지 않았다. 대책 없이 부풀어 오르는 거품처럼 울음은 삼켜지지도 않았다. 또다시 혼자가 되었다는 아픔이 징 소리처럼 가슴속에 여운이 되어 오래 머물렀다. 혼자가 되어 본 사람은 알 것이다. 그게 얼마나 무섭고 고독한 일인지……. 불현듯 내게는 유배지와도 같았던 그곳, 부산에서의 일이 떠올랐다.

*

엄마와 따로 사는 장점을 굳이 찾는다면 간섭받지 않는 자유로움에 있었다. 일일이 행동을 허락받지 않아도 되었다. 고로 혼자가 된다는 건 한편으로는 커다란 영토의 주인이 되는 것과도 같았다. 그 안에서 내 마음대로 살 수 있으니까. 선집이 준 파란 드레스의 오르골 소녀를 땅에 묻고 나서야 새로운 생활에 전념할 수 있었다. 낯선 동네에 조금씩 적응도 하면서. 선집과는 자연스럽게 친구가 되어 놀았다. 특히 선집을 상대로 귀신 지오를 들먹이며 이런저런 놀이를 하는 것도 중요 일과 중 하나였다.

"오늘은 지오가 나가고 싶지 않다네!"

"그럼, 그카지 뭐!"

내 말이 끝나자마자 선집은 자전거 브레이크를 채웠다. 해안 산책로 끝까지 가기로 해서 일부러 자전거를 끌고 나왔는데도 내 말에 언제 그랬냐는 듯이 선선히 포기했다. 마치 지오를 떠받드는 따까리 같은 자세였다. 선집은 내 입을 빌린 지오의 의견에 늘 절대복종했다. 선집은 결코 상황 파악을 못 하는 애가 아닌데도 불구하고 지오의 이름을 달고 하는 말에는 '무조건'이었다. 물론 내가 크게 억지스러운 행동을 요구하지는 않았다. 하지만 '말 타면 종을 두고 싶다'는 옛말처럼 가끔씩은 내가 원하는 것을 더해 선집에게 말했다. 예를 들면 "지오가 아이스크림이 먹고 싶다는데?" 하는 식으로.

하지만 그런 몇몇 경우를 빼고 '귀신 지오'는 내가 만든 상상의 세계를 전하는 전령 역할을 했다. 난 지오의 이름을 빌려 상상 속에서나 가능한 일을 진짜인 것처럼 이야기했다. "지오가 그러는데 말야……."라고 시작하는 말들. 파도의 포말들은 그냥 꺼지고 마는 거품이 아니라 새벽이면 하얀 유리구슬이 되어 바닷길에 쌓이는데 그걸 밤마다 천사가 걸어 간다는 둥, 동백섬 공원의 뒷마당에서 밤마다 죽은 사람들이 모여서 음악회를 하는데 그때 동백꽃이 조명처럼 밤새 불을 밝혀서 그 모습이 진짜 장관이라는 둥, 노을빛이 산불처럼 번지는 시간에 달을 보고 마주 서서 팔을 벌리고 서 있으면 우주의 온갖 기운들이 손가락 끝에 걸려든다는 둥. '지오 세이'로 시작하는 이야기들은 숱하게 많았다.

늘 내 이야기를 가만히 듣고 있던 그 애는 가끔씩 꿈꾸듯이 뭉클한 표정을 지어 보이기도 했다. 한번은 돌아가신 자기 엄마를 찾아봐 줄 수 있느냐고 부탁한 적이 있었는데, 그때만큼은 도저히 '지오 세이' 하며 장난스럽게 말할 수가 없었다. 그 애 표정이 너무나 절실해서 차마 거짓말을 못 했다. 그리고 왠지 엄마에 관해서는 섣불리 거짓말을 하면 안 될 것 같았다. 이상하게 엄마라는 말이 주는 무게가 한없이 무겁게 느껴졌기 때문이다. 그 무거움은 단순한 중량이 아니라, 함부로 건드릴 수 없는 비중 있는 무거움이랄까……. 그 애 눈빛에는 간절함이 가득했으니까.

처음에는 재미로 시작한 거짓말 놀이였지만, 시간이 흐를수록 내게 커다란 위안이 되었다. 나를 두고 간 식구들을 까맣게 잊을 수 있는 도피처였고, 식구들로부터 지워진 나의 존재감을 다른 식으로 확인할 수 있는 일이기도 했다. 난 학교에서 돌아오면 가방을 팽개치고 발바닥이 까매지도록 선집과 쏘다니곤 했다. 특히 텅 빈 동굴처럼 마음이 휑하게 느껴지는 해 질 녘이면, 바닷가에 서서 일명 '영혼 세수'라고 이름 붙인 숨 고르기를 했다.

"눈을 감고 숨을 들이쉬는 거야. 창문을 열면 신선한 바람이 집 안으로 들어오듯이 말이야. 숨은 우리 안으로 들어와서 이것저것 엉키고 맺힌 것을 휘휘 저어서는 외로움이라든가 슬픔, 그런 것들을 낱낱이 가는 실처럼 풀어낸대! 물 풀을 바르고 부채로 바람을 일으키면 풀이 실처럼 되는 거 본 적 있어? 그딴 거랑 비슷한 거지. 우리가 '휴' 하고 날숨을 쉬면 걔들은 밖으로 나가 바람이 되는 거야. 그래서 바람들은 정말 많은 이야기를 한대. 우리 귀에는 들리지 않지만 사람들 안에서 나온 그 엄청난 이야기들을 바람이 이야기한다고 생각해 봐! 대단하지? 그래서 어떤 바람은 부드럽고 어떤 바람은 매섭기도 한 거지. 이렇게 들숨과 날숨으로 숨 고르기를 하면서 우리 영혼이 깨끗해지는 거야."

'지오 세이'로 시작한 이 이야기는 내 상상이 빚은 환상이지만 나는 실제로 마음이 정말 평화로워졌다. 만약 지오를 빌려 말하지 않았으면 선집은 절대 믿지 않았을 것이다. "가시나, 뻥까시네!" 이러면서 비웃었을 거였다. 하지만 '지오 세이'로 시작한 말에는 진지했다. 그런 의미에서 '지오 세이'는 정당성을 부여받는 의식이고, 어쩌면 우리는 그 시간에 기대 어떻게든 외로움을 털어 내고 싶었던 것일지도 모른다. 한 번도 확인해 본 바는 없지만 어쩌면 선집이도 내 거짓말을 다 알면서 일부러 눙쳐 주는 걸지도 몰랐다. 언젠가는 그 애와 터놓고 진실을 이야기해야겠다고 생각했지만 그런 기회는 오지 않았다. 어느 날 그놈은 연기처럼 사라져 버렸다.

선집이 사라지던 날, 내가 기절만 하지 않았더라면 작별 인사 정도는 할 수 있었을 거다. 막무가내로 튀어 사라진 탱탱볼을 찾으러 근처 밭으로 들어갔을 때였다. 허리가 기역자로 굽은 동네 할머니가 그곳에서 뭔가를 사정없이 뽑아내고 있었다. 할머니는 어린 모종의 머리채를 어찌나 우악스럽게 뽑던지, 그 모습이 정말 괴기해서 난 멈칫했다. 동화 〈헨젤과 그레텔〉에 나오는 마귀할머니처럼 보였달까? 그래서인지 내 귀에는 어린 모종들의 비명이 들리는 듯했다.

"저 할머니 뭐 하는 거야?"

겁에 질린 내가 뒷걸음치며 묻자 선집이 말했다.

"들깨 모종을 솎아 내는 거 아이가!"

"그게 뭐야?"

"저래…… 촘촘히 있는 모를 군데군데 뽑아내서 성글게 하는 기다."

처음 듣는 말이었다. 나머지 것들이 더 잘 자라도록 멀쩡하게 자라는 어린 모종을 뽑아낸다는 말인가? 뽑히지 않은 채 짱짱하게 밭에 남은 모종을 보는데 순간 지오의 얼굴이 떠올랐다. 황

망함에 고개를 돌리는데 바닥에는 할머니가 솎아서 던진 모종이 어느새 땡볕 아래 초주검이 되어 널브러져 있었다. 그걸 보는 순간, 형광등 전구가 나갈 때처럼 갑자기 스파크가 이는 느낌이 들더니 난 기절해 버렸다.

눈을 떴을 때는 왕왕거리는 할머니 목소리가 귀를 때리고 있었다. 서울에 있는 엄마와 통화를 하시는 것 같았다. 하지만 난 어두컴컴한 방의 음습한 기운이 싫어 눈을 다시 감았다. 하지만 눈을 감으면 버려진 들깨 모종의 잔해가 비릿한 기억처럼 자꾸 떠올라 다시 눈을 떠야 했다.

"니 깼나? 야 야, 그노마가 니 때렸나? 맞재?"

선집이가 나를 때리다니? 아무리 아니라고 해도 소용없었다. 할머니는 확신에 찬 목소리로 엄마에게 닥치는 대로 이런저런 이야기를 일러바치기 시작했다. 그즈음 할머니는 나 못지않게 밖으로 쏘다니시느라 바빴다. 끼니도 못 챙겨 줄 정도로. 그래서인지 할머니는 기를 쓰고 선집에게 덤터기를 씌우려 하는 것 같았다.

"어떤 아랑 주구장창 쏘다니더니 이래 안 됐나!"

내가 "아니라카이!" 하고 악을 써도 내 말은 듣지 않았다.

"아니긴 뭐가 아니야. 아가 억시게 생겼두만."

다시는 선집이와 놀지 말라는 할머니의 명령 때문에 집에 갇혀 있어야 했다. 그리고 며칠 뒤 그 애 집에 갔을 때 선집은 이미 사라지고 없었다. 동네 아줌마 말로는 선집이 아빠가 갑자기 다른 지역으로 발령을 받아서 이사를 갔단다. 그 애가 연기처럼 사라져서일까? 아니면 들깨 모종 때문이었을까? 이유는 모르지만 그 뒤로 한동안 건전지가 닳아 버린 장난감처럼 맥을 못 췄다. 다시 혼자가 되어 무섭고 아픈 시간을 견뎌야 했다. 바닷가에 나가 서서 숨 고르기도 해 봤지만 소용없었다. 내가 마신 들숨은 동굴 속에 들어온 음험한 바람처럼 내 가슴을 휘저었다. 그러고는 미처 날숨이 되기도 전에 어딘가로 흩어져 버렸다.

언젠가 골목길에서 경운기에 시동을 거는 아저씨를 본 적이 있었다. 아저씨가 줄을 당기고 손잡이를 돌리자 경운기는 탈탈거리며 몸을 떨기 시작했다. 그 모습을 보며 내 줄은 어디 있는 걸까 하고 골똘히 생각해 본 기억이 어렴풋이 떠오른다. 혼자가 된다는 건 그 줄을 잃어버리는 것과 같았다.

그 뒤로 언제 내가 다시 기운을 차렸는지 기억은 나지 않았다. 다만 뽑히지 않고 살아남은 질깃한 질감의 진녹색 들깻잎이 성성하게 자라나는 걸 보면서 오기가 생겼던 기억은 있다.

'단디 봐라. 내도 살아 뻰질 끼다!'

*

이대로 끝낼 수는 없었다. 엉킨 매듭을 푸는 방법은 실마리를 찾는 거다. 그래서 곰곰이 생각한 끝에 선집을 찾아갔다.

"그래서?"

놈이 대수롭지 않다는 듯 대꾸하는 바람에 완전 김이 빠졌다. 내가 밴드를 관두게 된 건 자의가 아니며, 승미의 따돌림 때문이라고 그 과정을 촘촘히 설명했건만. 주먹을 불끈 쥐고 망토를 휘날리며 날아가는 정의의 수호자를 기대한 건 아니라도 '그래서?' 하는 반응은 너무 심했다. '그랬구나!' 정도로 내 말에 공감해 줬더라면 그다음 이야기가 더 쉬웠을 텐데……. 내가 더 이상 말을 잇지 못 하자 놈은 내친김에 한술 더 떴다.

"근데…… 그게 나 때문인 게 맞아?"

어떻게든 자기는 발을 빼고 싶다는 의미였다. 난감할 따름이었다. 선집에게는 나와의 어릴 적 친분은 별 의미가 없어 보였다. 이 대목에서 '지오 세이'라도 다시 읊고 싶어졌다. 그 말 하나면 맥없이 복종하던 그 시절이 그리워졌다. 하지만 지금은 그때가 아니다. 그렇다고 설득력을 높이기 위해 학교에서 있었던 '음모'에 관한 이야기를 전할 수는 없었다. 그러기 위해선 너무 많은 배경 설명이 필요했다. 게다가 그 이야기에는 나의 비리도 들어 있었다. 아이들 사이에서 살아남기 위해 사실을 사실대로 말 안 한 죄. 그리고 무엇보다 결정적으로 선집에게 금기 사항인 지오가 있었다. 그러니 입을 다물 수밖에.

"그게 아니라면 그럴 일이 없잖아!"

"너랑 나랑 무슨 사인데?"

"그러니까! 아무 사이도 아닌데 괜히……."

"몰랐네……. 승미 걔가 날 좋아한다고? 이놈의 인기는……."

우 씨! 이거 괜히 실수하는 거 아냐? 얘가 승미한테 발설하기라도 하면? 걱정이 되었지만 그간 얼핏 주워들은 이야기로는 승미와 선집이 안 지가 그리 오래된 사이는 아니라니, 크게 위험할 것 같지는 않았다.

"근데 네가 원하는 게 뭔데?"

정말이지 놈의 말에 주먹이라도 내지르고 싶었지만 일단 참았다. 협상에 감정을 앞세우는 건 미련한 짓이다. 말이 더 길어지지 않도록 억양에만 살짝 감정을 실었다.

"뭐냐니?"

"그러니까 네가 원하는 게 다시 팀에 합류하고 싶은 거야? 아니면 걔한테 분한 걸 따지고 싶은 거야?"

당연히 전자였지만, 그렇다고 말하기에는 솔직히 뻘쭘했다. 어차피 밴드에서의 분장이란 게 허울 좋은 명분이란 건 누구나 아는 사실이었다. '근데 넌 왜 밴드에 합류하고 싶은 건데?' 하고 되묻지 않는 것만으로도 고마워해야 할 정도였다. 내가 머뭇거리자 놈이 최소한의 친절을 베풀 작정인지 말을 덧댔다.

"후자라면 내가 할 일은 없고, 합류가 목적이라면 방법을 한번 찾아보자."

이래저래 명분이 없어 쪽팔릴 바에야 차라리 솔직하기로 했다.

"실은 내가 전학 온 지 얼마 안 돼서……. 그라서 일케라도 친구를 사귀고 싶었거덩…… 글고 무엇보다 내도 음악을 좋아해서, 또 이참에 기타도 더 배우고 싶고……."

일부러 사투리 억양을 짙게 담았다. 어릴 적 친분을 환기시키기 위해서였다. 내 의도가 적중한 건지 놈은 진지하게 생각을 하는 눈치였다. 그러더니 이번에는 자기 입장을 늘어놓았다.

"알다시피 나한텐 음악이 중요해. 그런 의미에서 승미와 사이가 나빠지고 싶지 않아. 그건 승미만이 아니고 누구와도 서로 불편해지면 같이 음악을 할 수가 없어. 실제로 좋은 음악이 안 되거든."

'그래서 어쩌라고?' 중간에 말을 끊고 묻고 싶었지만 꾹 참았다. 철저하게 중립을 지키려는 놈의 자세가 야속했다. 하지만 냉정하게 생각하면 나한테 치우칠 이유는 없는 일이니까. 여하튼 끝까지 들은 그 애의 결론은 이랬다.

'난 빠지겠다. 네 말대로라면 내가 나서는 건 도움이 안 될 테니 이 모든 일은 비밀로 하자. 대신 기준이를 앞세우자. 기준이가 여드름이 심해서 분장 이야기를 했을 때 제일 반겼고 또 우리가 실용음악 학원 강사를 하는 기준이 사촌 형 도움을 많이 받기 때문에 아마 승미도 기준이 말에는 꼼짝 못 할 거다.'

총정리가 마음에 들었다. 듣고 보니 사리 분별을 제대로 할 줄 아는 꽤 괜찮은 구석이 있는 놈이었다. 고마운 마음에 저녁을 쏘겠다고 했다.

"우리 학교 앞 김밥집 갈래?"

"너 제정신이야? 이 와중에 누가 보면 어쩌려고?"

"아참! 그러네."

선집에게서 미더운 구석을 보고 나니 묘한 기분이 들었다. 만약 선집이 내 편을 들어 주면서 울끈불끈했다면 일은 엎어졌을 수도 있었을 거다. 집으로 가는데 정체불명의 감정이 나를 감쌌다.

그로부터 이틀 뒤 승미는 아무렇지도 않게 나를 다시 불렀다. 목적이 분명하면 수단쯤이야 어디서든 갖다 쓰는 애라 놀라울 것도 없었다. 나 역시 아무렇지도 않게 오케이를 했다. 속은 부글거렸지만 쿨하게 받아들일 수 있었던 건 선집이 한 말 때문이었다.

"너 승미하고 잘 지내! 괜히 또 둘이 시답잖은 감정 실랑이하면서 복잡하게 굴면 짜장이고 뭐고 다 엎어지니까 알아서 해!"

옳은 말이었다. 무릎을 치고 싶을 만큼. 하지만 나도 내가 '시답잖은 감정 실랑이'를 그 누구도 아닌 선집을 상대로 하게 될 거라고는 정말 몰랐다. 그리고 그 감정에 불순물이 섞이게 될 거라고는 더더욱 상상도 못 했고. 한 치 앞을 모르는 게 인생이라더니!

• • •

For the peace of all mankind

"집에 가?"

"어? 어."

어휴! 하필 지오를 딱 마주칠 게 뭐람! 그렇다고 쌩깔 수는 없었다. 학교 앞에서, 그것도 정면으로 마주쳤는데 그냥 투명 인간인 척한다는 게 소심한 나에게는 결코 쉬운 일이 아니었다. 내 행동이 어색해서 그랬을까? 하필 선집이가 물었다.

"누구?"

"어…… 그러니까 얜…… 내 동생이야."

"동생이 있었어?"

"어? 어…… 있더라고."

선집은 호기심 가득한 눈으로 지오를 봤다. 그에 반해 지오의 눈빛은 차디찼다. 선집의 차림이 영 거슬린다는 표정을 날것으로 드러내 보였다. 피시방에서 나오는 아들과 마주친 엄마의 표정이랄까? '쯧쯧! 하고 다니는 꼴 하고는…… 아주 잘하는 짓이다.' 하는.

"사촌?"

"어, 아니!"

선집은 어울려 이야기라도 나누고 싶어 안달하는 눈치였지만 고맙게도 지오는 우리를 일별하고는 휙 돌아섰다.

"오우! 이쁜데?"

이게 문제다. 선집의 눈에 지오가 예뻐 보였다는 게. 그것만 아니라면 선집이 더 캐고 묻지 않았을 것이었다. 뒤이어 교문 밖으로 승미가 나왔다.

"승미! 너도 은오 동생 알아?"

"그럼! 우리 반인데."

선집이 눈이 휘둥그레져 나를 봤다.

"동생이라더니? 같은 반이야?"

"얘네 쌍둥이잖아! 서지오, 서은오."

"뭐? 지오?"

선집의 눈알이 튀어나오기 일보 직전이었다. 전승미, 진짜 도움이 안 되는 애다.

과거는 현재로 인해 많은 부분 재편집된다. 현재가 과거를 새롭게 채색하는 것이다. 사회적으로 성공한 사람들은 자신의 어두웠던 과거를 새롭게 편집해서 이야기한다. 심지어 일탈 행동을 한 부끄러운 이력까지도 아주 떳떳하게 떠벌린다. 은근 '그럼에도 불구하고'라며 뽐내고 자신의 현재를 강조하고 싶은 마음에서일 거다. 물론 내 경우가 그렇다는 건 아니다. 하지만 나 역시 편하게 이야기할 수 있다고 생각한다. 왜냐! 지오가 죽었다고 선집에게 거짓말을 했던 그 일은 어릴 적 철없던 시절의 행동이었고, 현재에서 재조명해 본다면 그다지 나쁜 일이 아니니까. 그리고 무엇보다도 그때는 그럴 수밖에 없었다. 나로서는 외로움을 견디는 유일한 방법이었으니까. 나는 솔직히 털어놨다.

"실은, 갸가 갸여!"

서울에 온 뒤로는 가급적 사투리를 안 쓰는데, 이상하게도 선집 앞에서는 불쑥불쑥 나왔다. 물론 지금은 어린 날의 거짓말을 더 경쾌하게 희석하려는 의도가 섞여 있었다. 우리가 공유했던 어린 시절을 떠올리는 과정이기도 하고. 선집은 고지식하게 수순대로 하나씩 짚어 물었다.

"갸? 누구?"

"누구는? 지오라카이!"

"지오? 네 동생? 해운대에서 죽은 그 지오?"

"응."

"죽은 애가 어떻게 살아 있어?"

"너 장난하냐? 살아 있는 애니까!"

"살아 있다니? 죽었다가 부활이라도 했단 말이야?"

농담 따먹기라도 하는 건가 싶어 내가 피식 웃으며 한 대 쳤는데, 놈은 의외로 표정이 진지했다.

"야! 내가 알아듣게 말해. 설득력 있게."

"뭔 설득력씩이나? 그냥 들으면 모르겠어?"

"몰라."

"야! 니, 와 이라는데?"

선집이 좀 괴짜 기질이 있는 줄은 진작 알았지만 그래도 이렇게까지 융통성이 없을 줄은 몰랐다.

"뻥이었어!"

장난스러운 내 대답에 하하 웃고 넘어갈 거라고 생각했는데 그게 아니었다. 사과를 바라는 건가 싶어서 나름 진지하게 "뻥쳐서 미안!"이라고 했지만 선집의 굳은 얼굴은 풀어지지 않았다. 내처 더 이야기를 하려 했는데 골목 끝에서 승미와 희주, 그리고 미원이가 우리를 보고 있었다. 난 할 수 없이 대충 말을 접고 호들갑을 떨며 그 애들을 향해 뛰어갔다.

"우리…… 뭐 먹으러 갈까?"

아이들은 답은 않고 골목 안쪽에 있는 선집을 바라봤다. 뒤돌아보니 싸늘한 표정의 선집이 여전히 정지 화면처럼 앉아 있었다. 미원이가 궁금해 미치겠다는 얼굴로 물었다.

"너희 뭔 일 있어?"

"일? 재랑? 없지잉."

"근데 김우빈 왜 저래? 귀신이라도 본 얼굴인데?"

승미에게 오해받기 싫어서 뭐라고 말을 지어내려고 했지만 도통 떠오르지 않았다. 짜장에 재합류하고는 승미의 심기를 거스르지 않으려고 정말 노력했다. 최대한 나를 드러내지 않을 것, 그게 목표였다. 농담도 않고 근사한 말도 삼가고 내게 시선이 집중되지 않도록 튀는 옷도 입지 않았다. 무채색의 그림자처럼 지냈다. 그래서인지 승미는 내 노력만큼의 대가를 치러 주었다. 학교에서 삼삼오오 짝지어 다닐 때면 더러 내 팔짱을 끼기도 하고 여자아이들끼리의 수다 모임에도 끼어 주었다. 물론 난 거기서도 예스맨으로 존재했다. '맞아, 맞아'라고만 외쳤으니까. 그렇게 애써 왔는데 지금 승미는 내게 의혹의 눈빛을 보내고 있었다. 어떻게든 이 상황을 무마해야 할 것 같아 입안이 바짝바짝 말랐다.

"재, 왜 저래?"

"글쎄? 집에 무슨 일이 있나 봐!"

나는 최대한 자연스럽게 얼버무렸다.

"근데 왜 그걸 너한테 말했어?"

"나한테 이야기한 거라기보다는 우연히 듣게 된 거지."

"뭔데?"

"아니, 별 얘기는 안 했고, 고민이 된다고…… 거기까지만……."

내가 말을 해 놓고도 이건 말이 안 된다는 생각이 들었다. 아니나 다를까 희주가 딴지를 걸었다.

"에이, 말도 안 돼! 재 실연이라도 당한 얼굴인데? 혹시…… 너한테 고백했다가 까인 거?"

허걱! 얼굴에 열이 확 달아올랐다.

"재가 미쳤냐!"

"너 얼굴 빨개졌어."

눈치 없는 희주는 키득거리고 그나마 눈치 빠른 미원은 승미를 힐끗거리고 승미는 굳은 표정을 애써 감추고 있었다. 궁지에 몰린 나는 무심결에 승미의 팔짱을 끼고 속삭여 버렸다.

"나중에 너한테만 얘기해 줄게."

당장 모면하려고 한 말이지만 대체 나중에 무슨 이야기를 해줘야 할까. 거짓말은 거짓말을 부를 뿐인데 정말 난감하기 짝이 없었다. 하지만 일단 나중을 기약하고 헤어졌다.

그다음 모임부터 선집은 눈에 띄도록 어색하게 굴었다. 기준이와 재현이가 수군거릴 정도로. 그러니 나 역시 그 어떤 행동도 자연스러울 리가 없었다. 정말 화가 났다.

'대체 그까짓 게 뭐라고!'

선집의 멱살이라도 잡아끌고 나와 따지고 싶었다.

'짜장을 위해 승미와 잘 지내라며? 그러는 너는 왜 판을 깨? 이

건 팀 킬이라고! 표리부동한 놈!'

차라리 만천하에 다 까발려서 애들의 심판이라도 받는 게 나을까 고민도 해 봤다. 하지만 지오 이야기를 이제 와서 털어놓는 게 쉬운 일이 아니었다. 내게 지오는 그리 가벼운 존재가 아니다. 지오를 떠올리는 것만으로도 지난 어두운 시간들이 통째로 드러나며 나를 짓누르는 것 같아 겁이 났다. 지난 시간들로부터 자유로워지고 싶었다. 고로, 지금의 내 생활에 지오를 끌어들이는 걸 난 원치 않았다. 그러므로 그 이야기를 섣불리 꺼낼 수는 없었다. 가족으로부터 왕따가 되어 산 지난 시간을.

하는 수 없이 늦은 밤까지 선집이네 근처 전철역에서 그 애를 기다렸다. 별일 아니니 그냥 마음 풀라는 완곡한 내 말에 놈은 황당하다는 반응을 보였다.

"씨발! 별일 아니라고? 내 과거가 통째로 배신당한 거 같아 기분 더럽거든!"

그러고는 회상 장면을 찍는 드라마 주인공처럼 꿈꾸는 듯한 표정으로 말했다.

"걘…… 내 첫사랑이었어."

하마터면 푸하하 웃음이 터질 뻔했다. 쟤는 낯간지럽지도 않은 걸까? 혹시 기억 속의 첫사랑을 돌려 달라며 울부짖는 건 아닐까 하는 코믹한 상상이 떠올랐다. 내 상상은 곧 현실이 되었다. 물론 울부짖지는 않았지만.

"넌 내 첫사랑과 내 과거를 모욕한 거야. 물어내!"

닭살이 올라 미칠 지경이었지만 진정하고 상식적으로 따졌다.

"야 야! 웃기지 마라! 솔직히 니캉 걔캉 엄청시레 사귄 사이도 아이고, 동네서 꼴랑 반나절 놀았다 카면서 뭔 첫사랑이라꼬 물고 늘어지노?"

"왜 반나절이냐? 걔 만난 뒤로 지금까지 쭉인데?"

"그건 또 뭔 소리고?"

"지오, 걔랑 만난 건 반나절이지만 내 기억 속에서 걔는 여전히 살아 있었어. 알아? 걔가 가르쳐 준 우주 사냥법이랑 숨 고르기를 난 아직도 습관처럼 한다고! 내가 만든 노래 중엔 걔를 생각하면서 만든 것도 있어!"

하긴 그랬으니까 나를 만났을 때 대번에 숨 고르기 이야기를 했겠지? 그래도 그렇지. 그랬다고 저 난리를 치는 건 아니다 싶었다.

"헐! 억수로 한가했나 보네."

"야! 재수탱이야! 넌 말을 그딴 식으로밖에 못 하냐?"

"아무리 생각해 봐도…… 내는 쫌 웃긴다!"

말은 그렇게 했지만 솔직히 선집이 말이 짠하게 와닿았다. '첫사랑이라고 이름 붙인 것을 참 오래도 보듬고 살았구나! 쟤도 많이 외로웠나 보다…….' 안쓰러웠다. 기억의 불씨를 간직한 게 대견하기도 하고. 하지만 한편으로는 다소 기괴하게도 느껴졌다.

코끼리 상아로 인형을 만들어 놓고 그 인형을 너무나 사랑한 나머지, 사랑의 여신 아프로디테에게 생명을 넣어 달라고 간절히 빌었다는 피그말리온처럼 환상 속의 인물을 사랑하는 건 건강한 일은 아니니까.

"우야겄노, 이제 고마 맘 풀어라!"

"니가 하라 마라 한다고 되는 게 아니야! 냅둬! 나…… 황당해서 이러는 거니까."

어휴! 쫀쫀한 놈! 화딱지가 나서 나도 모르게 발끈했다.

"뭐꼬! 솔직히 니, 뭐 손해 난 거 있나? 아닌 말로 내 거짓말 덕분에 니 짝사랑해 가면서 위로받고 그랬다면 니 오히려 내한테 고마워해야 하는 거 아이가? 그거이 이래 씨게 따질 일이가? 니는…… 싼타 할배가 사기라꼬 커서 니 엄마한테 성깔 부렸나?"

산타 얘기를 들먹이자 놈이 약간 움찔하는 듯하더니 갑자기 풀이 죽었다.

"가라……."

아뿔싸! 그제야 선집의 엄마가 일찍 돌아가셨단 사실이 떠올랐다. 하지만 이미 늦었다. 사과해 봐야 더 어색할 뿐이었다. 할 수 없이 돌아서려는데 선집이가 혼잣말을 하듯 나직하게 말했다.

"거짓말, 졸라 재수 없어. 개싫어."

말은 그렇게 했지만 선집은 내게 긴 이야기를 시작했다. 거짓말이 왜 그토록 싫은지, 기억 속의 사실들이 거짓으로 돌아와 자신을 얼마나 황당하게 만들었는지에 대해서……. 사실 돌아가신 줄 알았던 엄마는 알고 보니 살아계셨단다. 그것도 지척에 살고 있었으면서 내내 자신을 모른 척했고, 이제는 선집이 그 모든 사실을 알고 있다는 걸 알면서도 여전히 모른 척한다고. 그래서 미치고 팔짝 뛸 노릇이라고! 다 듣고 보니 선집의 마음이 이해가 갔다.

일찍부터 엄마 없이 아빠랑만 둘이 살던 선집에게 몇 년 전 학교 앞으로 외할머니가 찾아왔다. 그때부터 아빠 몰래 다니던 외할머니 댁에는 이모가 있었는데 유난히 살갑고 정겹게 대해 줘서 정말 좋았단다. 이모가 결혼을 한 뒤로는 외할머니가 눈치를 줘서 자주 못 만났지만 그래도 이모는 남몰래 용돈도 주고는 했다. 그런데 얼마 전에 사실은 그 이모가 선집의 엄마였다는 것을 알게 되었다. 고모네 집에 갔다가 숨겨 둔 아빠의 결혼사진을 우연히 보고 알게 되었다고. 선집을 낳다가 돌아가셨다더니 전부 다 거짓말이었던 거였다.

놀라운 건 선집이가 외가 식구들과 연락하고 지냈다는 걸 뒤늦게 알게 된 아빠조차도 지금 같이 사는 새엄마를 의식해 엄마를 '네 이모'라고 부른단다. 그러니 선집으로서는 그 이야기를 아빠에게 꺼낼 수 없고, 또 스스로 이모인 척하는 엄마에게도 차마 입을 뗄 수가 없다고. 외할머니를 비롯한 온 가족이 한통속이 되어 거짓말을 하는데 그걸 삼키고 있자니 미칠 듯이 답답하단다. 그런데 자기가 속내를 털어놨던 오랜 기억 속의 첫사랑마저도 거짓이었다니…….

선집의 이야기를 듣고 있는데 내 마음속에 눈물이 고였다. 소리 내어 울면 민망할까 봐 차마 티도 못 내고 속으로만 삼켜야 했다. 아니, 삼켜야 했던 진짜 이유는 그 애 때문만은 아니었다. 나도 안다. 마음에 빗장 걸고 사는 게 어떤 건지……. '너 정말 힘들었겠구나' 하고 싶지만 가슴속에서 아우성치는 이 말 대신 다른 말이 나왔다.

"됐다 마! 걍 털어라. 니 인자 얼라도 아닌데 뭐……."

곤란한 건 무조건 덮어 버리고 싶었다. 아픔을 직시하지 못하고 덮는 데는 내가 선수니까. 언젠가 스케이트 타는 소녀 오르골을 땅속에 묻어 버렸듯이 말이다. 그러자 선집은 허탈하다는 듯이 내게 말했다.

"너도 그렇고. 다 똑같네. 어른들이 그러더라. 모두를 위해 모른 척하라고."

안팎이 달라 보여도 결국은 서로 하나로 이어져 있는 '뫼비우스의 띠' 같은 걸까? 선집이나 나나 우린 서로 닮은 데가 있었다. 살기 위해, 본의 아니게 감추고 덮고 그래 왔다는 점이. 살다 보면 누구에게나 그런 일은 다 있기 마련이라고……. 그렇게 생각하면 좀 위로가 될까?

*

내가 가족과 떨어져 사는 동안 엄마와 지오는 꼭두새벽에 아이스 링크로 나갔다. 선수를 위한 훈련용 아이스 링크가 거의 없어서 새벽 시간에만 연습이 가능하기 때문이었다. 그걸 알 리 없는 나는 오전 나절에 엄마에게 전화를 했고 잠에서 깬 엄마는 짜증을 고스란히 내게 퍼부었다. 핸드폰으로 전해 오는 엄마의 찌든 목소리를 상대로 난 감히 이것저것 캐물을 수 없었다. 하물며 '엄마 뱃속의 동생은?' '왜 나만 여기서 살아?' '나 언제까지 여기서 살아야 해?' 이런 질문은 차마 꺼내지 못했다.

그리고 엄마의 기분이 나아지는 오후 시간에는 엄마의 이야기를 일방적으로 듣기만 하느라 또 질문을 못 했다. 지오가 피겨스케이팅 선수가 되려고 훈련을 받는다는 건 기정사실이라, 엄마는 지오가 얼마나 스케이트를 잘 타는지에 대해서만 신이 나서 이야기했다. "코치가 그러는데, 지오만큼 왈리 점프를 잘하는 애가 없다더라!" "국제 대회를 준비해야 하는데 걱정이다." 등등.

그 당시 난 아이스 링크를 배경으로 지오가 주인공으로 나오는 꿈을 자주 꿨다. 유리 빙판 위에서 지오가 오르골 소녀처럼 파란 드레스를 입고 미끄러지듯이 쏘다녔다. 반면 난 초라하기 그지없는 모습이었다. 견고한 두 개의 칼날 위에 선 고고한 자태의 지오와 달리 운동화를 신고 얼음판 위에 선 것만으로도 열등

함 그 자체였다. 게다가 꿈속에서도 얼음 바닥의 차가운 온기가 그대로 전해져 온몸이 시려 왔다. 내가 주인공인 곳은 어디에도 없었다.

꿈속 주인공은 못 되어 봤어도 키는 자라는지 겨울부터는 이상하게 몸이 길어지기 시작했다. 이젠 귀엽지도, 그렇다고 섹시하지도 않은 어정쩡한 몸이 되었다. 그래서 거울을 보면 짜증이 나고 거울을 안 보고 있으면 엉클어진 마음속이 읽혀서 또 짜증이 났다. 0.3밀리미터 하이테크 펜으로 마구 엉킨 낙서를 해 놓은 듯한 속이었다. 도저히 실마리를 찾지 못할.

그즈음 놀라운 사실을 하나 더 알게 되었다. 비가 부슬부슬 오던 날, 부추전에 막걸리를 곁들이시던 할머니가 급기야 술주정을 시작했다. 할머니는 랩하듯이 노랫가락을 불러젖히다가 여느 때처럼 신세 한탄을 하셨다. 줄거리는 늘 비슷했다. 평생을 밖으로 나돌다가 밖에서 돌아가셨다던 외할아버지 이야기, 이기적이고 야멸찬 네 엄마, 물러터진 네 삼촌. 좀 더 시간을 거슬러 올라가서는 할머니의 시집살이 이야기까지. 잇몸이 들썩이도록 괴롭히던 할머니의 시어머니, 간살스럽기가 백년 묵은 여우는 저리 가라였던 시누이들, 뚱하고 미련하기가 곰 같던 아주버님……. 그 사이에서 내만 죽어났다! 하는 돌림 노래. 말할 때마다 이야기가 조금씩 바뀌었지만 거의 매번 같은 레퍼토리였다. 그러니 한 귀로 듣고 다른 귀로 흘려보내면 됐다.

"야 야! 막걸리 좀 더 가온나!"

할머니의 성화에 못 이겨 내가 막걸리를 가지러 나가는 체하면 할머니는 그사이에 누웠다. 그리곤 이내 잠이 들었다. 이게 할머니 술주정의 마지막 과정이었다. 마루에 나가 있다가 천천히 다섯을 세고 다시 방문을 열면 아니나 다를까 할머니는 주무시고 계셨다. 이제 끝났구나 하고 내 방으로 가려는데, 그날은 갑자기 할머니가 벌떡 일어나 부르르 떨며 소리를 쳤다.

"나쁜 연놈들! 지들이 내를 묶어 놓을라카나? 지들 욕심 차리자꼬? 내한텐…… 자식 놈덜 아무 소용없다카이!"

처음에는 꿈을 꾸며 잠꼬대를 하는 건가 했다. 거의 잠결인 듯 보였으니까. 그런데 말을 이으며 날 향해 손가락질을 하는 걸로 보아 잠꼬대는 아닌 게 분명했다.

"요래 쥐방울만 한 가시나 하나 여다 떨궈 놓고, 걸로 낼 묶어 둘라꼬!"

내가 비록 쥐방울만 하진 않지만 '이곳에 떨궈진 가시나'는 맞았다. 할머니 말대로라면 내가 이곳에 와 있는 건 동생 때문이 아니라, 할머니를 묶어 두기 위한 거였다. 그럼 내가 할머니를 감시하는 간수라는 말인가? 할머니는 왜 감시를 당해야 하며, 내가 어떤 식으로 할머니를 묶어 둘 수 있다는 건지 도통 모르겠지만 여하튼 기분은 별로였다. 내가 땜빵용이었다고? 그리고 솎아 내 버린 여린 깻잎 모종의 후줄근한 모습도 덩달아 떠올랐다. 솎아 내지든, 땜빵이든 기분 나쁘긴 매한가지니까.

사나흘 뒤 할머니 집에는 또 다른 땜빵이 왔다. 외삼촌과 외숙모, 그리고 사촌 동생 경배. 이렇게 세 식구가 들이닥쳤다. 처음에는 놀러 온 건가 했는데, 웬걸 한 30분 뒤에 이삿짐 차가 도착했다. 할머니도 황당해하는 표정이 역력했다. 하지만 난 기분이 살살 좋아지기 시작했다. 외삼촌네 식구들이 왔으니 나의 땜빵 임무는 해제될 거라는 기대 때문에. 하지만 나의 예상은 빗나갔다.

외삼촌이 짐을 싸 들고 왔다는 소식이 서울로 알려지기가 무섭게 아빠를 기사로 앞세운 엄마가 왔다. 분위기가 완전 살벌해서 지오의 안부는 묻지도 못했다. 아빠는 초지일관 뒷마당에서 서성이고 있는 걸로 봐서는 백 퍼센트 외갓집 문제인 듯싶었다. 얼핏 보기에는 엄마와 삼촌이 같은 편이고 할머니만 다른 편인 것처럼 보였는데, 자세히 보면 엄마와 삼촌도 같은 편은 아니었다. 특히 외숙모가 엄마에게 자분자분 대드는 태도가 그랬다. 보통은 말을 뭉쳐 무성의하게 휙휙 던지는 편이었는데 그날은 완전 다른 모습이었다.

연로하신 어머니를 모시는 게 며느리로서 당연한 도리라는 외숙모와 아직 정정하시고 또 곁에 은오도 있으니 외롭지도 않으실 텐데, 너희는 젊을 때 자유롭게 사는 게 낫지 않겠느냐는 엄마, 난 아직 힘이 남아도니 너희 도움 없이 살고 싶다는 할머니,

그래도 가족이 있는데 뭐 하러 외롭게 혼자 살겠다고 고집 피우시냐는 외삼촌과 엄마의 한목소리. 분명 내용은 서로를 배려하는 감동적인 장면인데, 얼굴은 다들 편해 보이지 않았다. 이 대 일의 싸움이 아니라 이 대 일이면서 동시에 일 대 일 대 일의 삼파전으로 보였다. 중요한 건 엄마와 삼촌이 이기는 싸움인 것은 분명해 보였다. 그런데 제일 중요한 건 나를 서울로 데려가겠다는 말은 그 어느 대목에서도 나오지 않았다.

실망한 나는 뒷마당으로 나와 아빠 곁을 슬슬 맴돌았다. 하지만 아빠는 내게 신경을 쓸 겨를이 없어 보였다. 어린이 그림책을 만드는 출판사를 하셨던 아빠는 여전히 상황이 안 좋은 것 같았다. 내가 맴도는데도 아랑곳하지 않고 바닥에 쪼그리고 앉아 담배만 연신 피워 대는 아빠를 보면서 내 궁금증 따위는 아무 일도 아니라는 생각을 했다. 나는 맴돌다 말고 아빠 옆에 쪼그리고 앉았다. 아빠는 흙바닥 위를 기어가는 벌레 위로 침을 뱉었는데 번번이 조준에 실패를 했다. 아빠가 성공하면 한번쯤 집에 가고 싶다며 떼를 써 볼 참이었는데 그나마도 기회가 없었다.

그때 안채에서 할머니의 앙칼진 목소리가 새어 나왔다. 난 이때다 싶어 아빠에게 물었다.

“어른들 왜 싸우는 거야?”

“싸우긴? 의논하는 거지.”

“근데…….”

입을 뗀 김에 말을 할까 말까 망설이는데, 내 표정을 읽은 아빠가 선수를 쳤다.

"은오야, 여기서 지내는 거 괜찮지?"

"어? 어……."

"우리 은오는 잘할 거야. 아빠가 은오한테 미안해. 아빠가 알았다면 말릴 수 있었을 텐데……."

이런! 아빠 역시 내 입을 틀어막았다. 뭘 알면 뭘 말린다는 건지 모르겠지만, 미안하다며 괴로워하는 아빠한테 떼를 쓸 자신이 없었다. 어쩌면 아빠 자신에게 하고픈 말이 아니었나 싶었다.

"잘할 거야. 우리 은오는. 할머니도 도와드리고……. 살다 보면 나 하나 참으면 모두에게 좋은 일이 있단다. 한 사람이 참아서 모두가 좋으면 그것처럼 남는 장사가 어디 있니?"

모두에게 나쁜 게 아니라 좋은 거라니까, 그리고 그 모두가 바로 우리 가족이라면 따르는 것이 내가 할 몫이라고 생각했다. 하지만 가끔씩 '우 씨! 왜 하필 그게 나지?' 하는 억울함이 들었다. 정말 억울했지만 그 억울함의 정체를 알 수 없었다. 안으로 삭이고 마음 어디쯤에 숨기고 그러다가 언젠가 영어책에서 본 구절, 'For the peace of all mankind!'를 떠올리면서 세상에는 이렇게 거창한 걸 행하는 사람들도 있는데 하물며…… 가족을 위해서쯤이야, 하며 감정을 눌렀다.

*

그런데 덮기만 하는 게 과연 좋은 일이었을까? 그런 생각이 들었다. 덮어 놓은 까만 콩나물 이불 속에서 예상치 않게 웃자란 콩나물을 보면 놀라듯이, 난 요즘 들어서 자꾸만 과거로 거슬러 올라가 잘못된 것을 바로잡고 싶은 욕구가 생겼다.

의자 뺏기

선집과 부쩍 친해졌다. 대놓고 장난을 쳐도 될 만큼. 선집은 자신의 가족사를 내게 덜어 낸 만큼 홀가분해졌는지, 아니면 앞으로 나를 계속 덜어 낼 커다란 봉지로 생각하는지 모르겠지만 매사에 스스럼없이 굴었다. 정말 고무적이었다. 난 그 애의 이야기를 들어 줄 봉지 정도가 아니라, 커다란 포대가 될 자신도 있었다. 어제는 자기가 먹다 만 컵라면을 선뜻 건넸다. 입으로 쪽쪽 빨던 지저분한 젓가락을 담근 채 줬지만 그냥 꾹 참고 먹었다. 누군가와 더불어 마음을 나누고 지낸다는 건 가슴속에 꺼지지 않는 불씨를 하나 지니는 걸까? 나는 천군만마를 얻은 거나 다름없었고 두둑한 배짱도 생겼다. 이제 더 이상 홑실로 떠돌지 않아도 된다는 사실 하나만으로 으스댈 수 있었다. 아이들 앞에서 선집과 장난을 칠 정도로. 난 슬슬 승미에게 맞서기 시작했다. 결국 참다못한 승미가 나를 불러냈다. 그러고는 한 손을 벽에 대고 건들거리며 물었다. 기세등등한 내가 감당하기에도 다소 언짢은 자세였다.

"서은오, 어떻게 된 거야?"

"뭐가?"

"네가 나중에 얘기해 준댔잖아? 왜 말이 없어?"

"뭐? 아! 우빈이 얘기? 그게…… 걔 사생활이라 발설하는 게 옳지 않다는 생각이 드네?"

"너 장난치니?"

"설마!"

"너 지금 나한테 개기는 거구나!"

개기는 거 맞았다. 내가 개길 수 있었던 근거는 선집이라는 든든한 백도 있지만 그보다는 내 안에서 자리 잡기 시작한 단단한 자긍심 덕분이었다. 난 우연찮게 새로운 세계를 발견했다. 비로소 내가 온전하게 뿌리를 내리고 힘을 쓸 수 있는 것, 그야말로 내 존재를 걸 수 있는 것을 발견했다. 내 스스로에게 자긍심을 느껴 본 첫 경험이라고나 할까? 아무튼 그래서 난 개길 수 있게 되었다. 뿌리를 내린 것은 쉽게 흔들리지 않는 법이니까. 그것이 어떤 일이든 난 이제 더 이상 부유하는 무엇이 아니므로.

“개긴다기보다 더 이상 너한테 휘둘리지 않겠단 의사 표현 중이지.”

치뜬 내 눈에서 뭔가를 발견했는지, 승미는 코를 한 번 벌렁거리더니, 별말 없이 돌아서서 갔다. 의외였다. 하긴 내가 예상 밖의 행동을 했으니 승미가 당황할 만도 했다. 하지만 난 이미 애들 사이에서 위치가 상승하는 중이었다.

밴드 연습 시간에 내가 조언을 하면 기준이는 종종 나를 치켜세웠다.

“은오 쟤, 은근 촉이 있어!”

그날도 기준은 침이 마르게 나를 예찬하고는, 우연히 내 노래를 들었는데 놀랐다며 호들갑까지 세트로 떨었다. 심지어 남을 칭찬하는 일에 인색한 희주까지 한마디 거들었다. 그래서인지 선집이 집으로 가는 길에 뜬금없이 노래방에 가자고 했다. 그러고는 마치 오디션을 보듯이 내 노래를 여러 곡 듣고는 입술을 쭉 빼고 놀란 듯한 표정을 지었다. 호들갑을 떨지는 않았지만 비교적 이례적인 평을 늘어놓았다.

“꼭 가수가 되지 않아도 뭐, 노래를 하면서 살아도 좋겠단 생각이 드네. 어차피 자기가 잘하는 걸 하면서 살아야 하니까.”

“진심?”

“일단 넌 쌩목을 쓰지 않고 음역대도 높고 비성을 사용할 줄도 알아. 무엇보다 호흡 조절을 타고난 것 같아. 그렇다면 다양한 보컬 톤을 가질 수 있거든. 그리고 결정적으로 음색이 독특해."

"진짜? 진짜?"

내가 노래를 못하는 편은 아니지만 앞으로 노래를 하면서 살 수도 있다는 생각은 태어나서 한 번도 해 본 적이 없었다. 아니, 노래를 해도 되는지조차 몰랐다. 돌이켜 보면 왜 그런 생각을 한 번도 못 했을까 의아할 정도다. 아침에 눈떠서 잘 때까지 귀에서 이어폰을 떼지 않을 정도로 음악을 좋아한 나였다. 하지만 음악이 내 삶의 배경이라고만 생각했지, 내가 그 안으로 들어갈 수 있는지는 정말 몰랐다. 어쩌면 스스로 뭔가를 결정한다는 게 낯설어서가 아닐까? 사실 미용 학원에 다니게 된 것도 내가 원해서라기보다 외숙모의 추천 때문이었다. 일찍이 공부에는 별로 취미도 없고, 그러다 보니 뭘 하고 살지 막막했다.

"은오, 니는 거울 앞에서 시간 가는 줄 모르니까 미용 함 해 봐라. 그게 공부보다 쉽지 않겠나?"

외숙모의 말에 선뜻 학원을 등록했다. 학원에서 기초 메이크업 실습을 할 때도 재미라든가 열정, 재능 여부를 구체적으로 따져 본 적은 없었다. 다만 공부보다 쉬운 일이라는 생각에 안도감이 먼저 들었다고나 할까? 어쩌면 공부를 못한다는 죄책감에서부터 벗어날 수 있는 기회라 피부 관리 실습을 할 때도 벽돌을 차곡차곡 쌓는 마음으로 노동을 하듯이 했다.

짜장의 연습실에 처음 갔을 때 느낀 전율이 떠올랐다. 모든 세포들이 입을 열어 환호하는 듯한 짜릿함이었다. 드럼 비트에 심장이 울리고 전자 기타의 현을 긋는 소리에 영혼이 들썩이며, 건반의 선율이 켜켜이 스며드는 느낌. 그럼에도 그게 내 몫이 될 수 있다는 생각은 하지 못했다. 그냥 처음 듣는 라이브 연주라서 그렇게 감동이 큰 거라고만 생각했다. 누군가가 이름을 불러 주니 꽃이 되었다는 시의 한 구절이 있듯이, 내가 시선을 돌리자 비로소 세상이 열렸다. 난 태어나면서부터 여태 귀를 사용해 왔지만 들려오는 선율로 인해 세상이 열리고 마음이 열릴 수도 있다는 건 처음 알았다. 더욱이 내가 부르는 노래로 세포가 살아 움직이고 더불어 세상과 소통할 수 있다고 생각하니 온몸의 실핏줄이 간질간질해지는 기분이 들었다.

내가 비굴함을 무릅쓰면서 짜장의 멤버로 남으려고 했던 진짜 이유는 단지 혼자 되는 게 싫어서만은 아니었음을 깨달았다. 그렇기에 난 승미에게 당당할 수 있었다. 내가 발견한 그 세계는 이제 누군가가 끼워 주지 않아도 내 스스로 뿌리를 내릴 수 있는 곳이기 때문이었다.

선집은 나를 기준이네 사촌 형이 운영하는 학원으로 데려가서 전문가에게 테스트를 받을 수 있도록 해 줬다. 기준이 사촌 형 역시 '오디션 프로그램에서 통할 만한 청명한 음색'이라며 극찬을 했다. 물론 '본선은 어렵겠지만'이라는 단서를 달긴 했다. 하지만 그건 내가 기본적인 보컬 교육을 받은 적이 없어 훈련이 안 되어 있다는 뜻이지, 내 노래가 수준 미달이라는 소리는 아니었다. 분명 "벨칸토 훈련을 좀 거치기만 하면 크겠네."라고 했으니까. 물론 초를 치는 사람도 있었다.

"개나 소나 다 하는 노래를 너까지 한다고?"

미용 학원을 관두고 실용음악 학원을 다니겠다는 나를 보고 지오는 노골적으로 비웃었다.

"개나 소나 다 하는데 왜 나는 못 해?"

"기타 줄 튕기고 고음 좀 질러 댄다고 다 하니? 어휴! 그건 재능으로 하는 거야."

"그러게! 나한테 그게 있다네!"

"누가? 같이 노는 애들? 아! 접때 학교 앞에서 본 걔? 지들끼리야 뭔 소리는 못 할까?"

빙긋이 웃는 지오는 마치 초록은 동색이라더니 끼리끼리 아주 잘들 논다며 조롱하는 것처럼 보였다. 선집이까지 싸잡아 욕하는 것 같아 달려들어 머리끄덩이를 잡고 싶었다.

"네가 뭔데 내 친구를 모욕해?"

"내가 언제? 하여간 피해의식 쩔어!"

맞다. 나 그거 있다. 피해의식. 지오와의 사이에는 늘 그게 칸막이처럼 가로걸려서 도저히 가까워지지 않았다. 마음속에는 할머니네 떨구고 간 게 내가 아니라 너였으면 하는 설정 뒤에 오만가지 생각이 들락거렸다.

"야! 서은오. 머리가 딸려서 네 주제 파악은 못 한다 치자, 그래도 현실 파악은 해야 하는 거 아니니? 그게 지금 우리 형편에 적합하다고 생각하니? 너…… 설마 '오디션 프로그램에 나가서 억 소리 나는 상금을 타야지' 하며 터무니없는 기대를 하는 건 아니겠지? 초딩도 아니고……."

물론 그런 상상도 했다. 쉽지는 않겠지만, 생각해 보는 게 뭐가 어때서? 이 세상에 불가능한 도전은 없다던데…….

"뭐가 어때서?"

"님! 좀 한심한 듯! 황당 무지가 옆구리 차는 소리 하시네. 순진하기는……. 하기야 그러니까 남의 배에도 덥석덥석 올랐지."

수제비 반죽을 하느라 양푼에 손을 넣고 힘을 쓰던 할머니가 배 이야기가 나오자 갑자기 흥분을 하셨다.

"맞다! 은오…… 저거 저거…… 가시나 귀가 얇아 가지고 홀딱 홀딱 넘어가가…… 사고를 친다 아이가! 그때 하마터면……."

"할머니! 그 얘기 좀 고만해요!"

"가시나! 되바라지게 남덜 한다꼬 여기저기 발 걸치지 말고 기냥 착실하게 댕기던 거 마쳐서 취직할 생각을 해라 마! 누구든 밥벌이는 해야 안 하나? 경배 어멈을 우에 믿겠나? 게다가…… 니들 아빠도 핫바지고…… 그란데 지금 그게 뭔 신소리고? 그라고……."

난 할머니 말이 채 끝나기도 전에 폭발했다. 할머니가 도화선에 불을 놓았으니까.

"왜? 왜? 그 '누구든'이 왜 나여야 해? 왜? 또 나냐구! 왜?"

최고의 볼륨으로 악을 쓰는 나를 보고 할머니와 지오가 놀라 입을 다물지 못했다. 하긴 내가 이렇게 악을 쓰는 건 처음이니까 다들 놀란 눈치였다. 세상의 모든 처음은 다 낯설고 신선하니까. 악을 쓰면 힘도 불끈 솟는 건지 별생각 없이 의자를 찼는데 그게 뒤로 넘어지면서 붙박이장 유리가 깨졌다. 와장창! 헉! 그럴 생각은 아니었는데…….

"저, 저, 가시나…… 요새 와 빽 하면 지랄발광이고?"

놀란 할머니가 정신을 차리고 한 소리 하셨다. 난 할 수 없이 문을 박차고 밖으로 나갔다. 그 와중에도 집에 있으면 저 유리를 내가 치워야 한다는 생각이 들어 일부러 도망친 것도 있었다. 상황이 좀 웃기기도 하고 한편으로는 내가 너무 한 게 아닌가 하는 자책감도 들었지만 마음을 다잡고 기도했다.

'제발, 계속 제가 끝까지…… 끝까지 분노하게 하소서!'

이 분노가 끝이 나면 안 된다. 분노란 감정은 사람을 적극적으로 만드니까. 만약 이 분노가 맥없이 끝나면 할머니 말대로 밥벌이를 해야 할 그 누구는 바로 내가 될 것이다. 이제는 더 이상 소리 없이 밀리고 싶지 않았다. 적어도 지오에게는 다시 밀리고 싶지는 않단 말이다. 난 계속 분노할 것이고, 억지로라도 분노에 풀무질을 해 불꽃을 일으킬 것이다. 그런 의미에서 나의 분노는 건강하고 정당하다. 또다시 마음에도 없는 '아임 오케이!'를 외칠 수는 없었다. 의자 뺏기를 해야 한다면 그렇게 할 거다. 나도 이제는 앉고 싶으니까. 난 기필코 의자 뺏기의 승자가 될 것이다.

이쯤해서 되짚고 싶지 않은, 아픈 과거를 꺼내야겠다.

*

초등 6학년 졸업을 앞둔 겨울에 난 대형 사고를 쳤다. 할머니 표현대로 귀가 얇은 내가 같은 반 진선이라는 아이 말만 듣고 낚싯배를 탔다가 하마터면 인신매매하는 사람들에게 끌려갈 뻔했다. 다행히 해경 덕분에 극적으로 구조가 되었지만 말이다. 포구에서 식당을 하는 이모 집에서 살았던 진선이는 어린 나이에 담배를 피웠다. 그 애가 해경 아저씨 주머니에서 담배를 슬쩍 하다가 걸리는 바람에 나까지 문제아 취급을 받았다.

하지만 원인 없는 결과가 세상에 있을까. 난 그때 정말 어디론가 증발해 버리고 싶었다. 다들 사춘기라서 저러나 보다 했지만 그건 증상을 부추기는 촉진제일 뿐, 진짜 원인은 따로 있었다. 당시 난 다른 6학년들에 비해 이상할 정도로 발육이 빨랐다. 가슴이 봉긋하게 올라오고 허리도 잘록하게 곡선이 생기고 있었다. 거울을 바라보고 있으면 묘한 기분이 들었다. 쌍둥이인 지오보다도 키가 한 5센티미터는 더 컸던 것 같다. 나는 숨 고르기를 한 덕분이 아닐까 생각했다. 바닷가에 서서 마신 들숨이 내 안에서 거대한 기포를 만들어 나를 부풀린 탓이라고. 하지만 그보다는 나를 키운 건 미처 분노로 자라지 못한 슬픔 덩어리였을지도 몰랐다. 야무지지 못하고 미욱하기만 한 슬픔. 그것이 흥건히 가슴에 고여 어디로든 흐르지 못하고 나를 웃자라게 만들었다. 맞다! 슬픔이 나를 키웠다.

슬픔은 다름 아닌 내가 이곳에 남게 된 이유, 그 비하인드 스토리를 구체적으로 알게 되면서 시작되었다. 한마디로 난 인질이었다. 인질이면서, 땜빵이면서, 솎음용이기도 했던 나. 그런 내가 불쌍했다. 차라리 누군가를 향해 분노의 삿대질을 했다면 좋았을 것을……. 그 비하인드 스토리는 이랬다. 일종의 이중장부 같은 건데, 일단 공식적인 첫 번째 이유로는 엄마의 임신 때문이었고, 둘째는 혼자 외롭게 계신 외할머니에 대한 효심이었다. 하지만 이건 어디까지나 대외적인 이유였을 뿐이다. 엄마의 임신은 초기 유산으로 끝난 건지 아니면 이마저도 애초에 거짓이었는지 그건 아무도 모른다. 그리고 효심 또한 동기가 불순했으니 진정한 효심이라고 할 수 없을 것이다. 내가 그 집에 남겨진 진짜 이유는 따로 있었다. 지오를 성공한 피겨 선수로 만들겠다는 엄마의 야심과 외할아버지가 남긴 유산을 지키기 위한 볼모의 필요성. 그 볼모는 바로 나였고.

당시 외할머니는 동네 배드민턴 동호회에서 만난 어떤 할아버지와 사랑에 빠졌다. 어찌나 불이 '확' 붙었는지 사귄 지 한 달 만에 자식들을 불러 놓고 재혼 문제를 의논할 정도가 되었다. 엄마의 표현대로라면 '다행히도' 그 할아버지는 평생을 정형외과 의사로 일했다고 한다. 성실하게 일한 덕분에 재산도 많았고 자식들도 하나 같이 내로라하는 위치에 있었다고. 그런데 그러한 조건이 할머니에게는 오히려 화근이 되었다.

할아버지 자식들은 할머니와의 재혼을 결사적으로 반대했다. 물론 그쪽도 공식적으로는 친엄마에 대한 의리와 세상의 이목, 호적상의 문제를 이유로 걸었다. 하지만 이면은 재산 때문이었다. 자식들의 반대에 봉착한 할아버지는 할머니에게 비통한 표정을 지으며 재혼 불가를 선언했고, 그에 발끈한 할머니는 이유를 캐물었다. 태어나서 진정한 사랑은 처음이라는 할머니는 결혼을 반대하는 이유가 '그깟 재산' 때문이라는 걸 알고 할아버지가 남긴 제재소와 제재소 뒷산의 땅문서까지 들고 집을 나갔다. '자, 봐라. 나도 있을 만큼 있다!' 그럼에도 불구하고 할아버지가 자식들 눈치를 보며 미적지근한 태도를 보이자, 할머니는 호탕하게도 다 남겨 두고 집을 나오라는 파격적인 제안을 하셨다.

하지만 소심한 할아버지는 계속 망설였다. 그러자 할머니는 솔선수범하는 의미에서 제재소와 뒷산을 자식들에게 상의 한번 없이 부동산 중개소에 덜컥 내놓으셨고 뒤늦게 그 사실을 안 엄마와 삼촌은 난리가 났다. 아무리 할아버지가 돌아가신 지 오래되었다고 해도 할머니의 재혼은 껄끄러운 일이라며 두 분은 반대를 하고 나섰다. 하지만 정작 두 분에게 더 껄끄러운 건 외할아버지의 유산이 그런 식으로 허물어지는 것이었다. 당시 제재소 땅 뒤로 개발이 예상되던 터라 지금 당장 팔면 큰 손해였다. 하여 엄마와 외삼촌은 뜻을 모았다. 할머니를 진흙탕 같은 사랑 놀음에서 헤어나게 하자고.

"엄마, 그냥 연애만 해요!"

"내는 인자 혼자 살기 싫다! 텅 빈 집에 노인네 혼자 있는 게 어떤 건지 니들이 아나?"

"그니까 알콩달콩 연애만 하시면 되잖아요!"

"해 떨어져 어둑신한 집에 말할 상대도 하나도 없이…… 그렇게 허망하게 죽어 뻔져도 아무도 모를 낀데……."

그래서 엄마는 혈육을 볼모로 내걸었다. 안 그래도 싹수가 보이는 자식 하나를 인물로 만들어 볼 계획이라, 나머지 하나가 거치적거리던 차에 잘되었다는 생각이 들었던 거다. 어차피 하나 남는 자식이니까. 그게 나다. 어떻게 알았냐고? 삼촌네 식구들이 엄마보다 더 원대한 계획이 있어 할머니 집으로 들어왔을 때 외숙모가 내게 친절하게 다 알려 줬다. 외숙모 입장에서는 아무리 원대한 계획이 있다 해도 시어머니에 시누이의 딸까지 데리고 살기는 싫었을 테니까. 어떻게든 날 치우고 싶었을 것이다.

나 역시 외숙모와 사는 게 쉬운 일은 결코 아니었다. 그악스러운 성격에 투박한 외모, 상냥함과는 거리가 먼 외숙모는 유난히 번잡스러운 아들 경배 때문에 할 일이 많다는 이유로 나를 가사 도우미 대하듯 하며 걸레 빠는 일 하나에도 소리를 지르며 잔소리를 했다.

"그케서 때가 지나? 힘 뒀다 뭐 할라꼬? 더 쎄게 문지르라카이!"

내 처지는 점점 더 안 좋아져 벼랑 끝에 몰린 기분이었다. 의구심은 증폭되고 온갖 부정적인 증거들을 수집하게 되면서 내 마음은 나날이 황폐해졌다. 쌍둥이가 아니라면 문제는 간단했다. '난 데려온 자식이고 지오는 친자식이라 이런 불평등이 존재하는 거겠지. 이해해야지, 어떻게 친자식이랑 대접이 같기를 바라겠어? 하다 못 해 지오가 내 언니라면 언니 먼저 챙기는 거니까 동생은 참아야지. 그렇기라도 하면 좋겠다.' 하지만 애석하게도 지오랑 나는 쌍둥이다. 하나를 어디서 데려왔다고 도저히 거짓말을 할 수 없을 만큼 닮은 일란성 쌍둥이. 만일 쌍둥이가 하나는 원본이고 하나는 복사본이라 원본만 우대를 한다 쳐도, 내가 먼저 나왔으니 내가 원본일 확률이 높다. 그런데 왜? 내가? 나만 손해를 봐야 하지? 미칠 것처럼 억울했다.

마음이 구겨질 대로 구겨지기 시작한 난 작정하고 삐뚤어지기 시작했다. 먹잇감을 찾는 매처럼 사고 칠 일을 찾았다. 마음이 엉켜 뭐든 해야 할 것 같았으니까. 왜 애들이 사고를 치는지 알 것 같았다. 어쩌지 못해서이다. 달리 어쩔 수가 없기 때문에.

"공책엔 글씨도 삐뚤빼뚤, 할매 말도 안 듣고 뺀질뺀질, 거짓말은 이래 살살, 저래 살살, 말대답도 깐족깐족."

당시에 할머니가 나를 두고 하던 말이었다. 그러던 시기에 낚싯배 사건이 터졌다. 오죽하면 모든 식구가 식겁해 "대체 야를 어쩐다냐!" 하며 가족회의를 했을까? 하지만 그 누구도 내 반항의 원인을 살펴볼 만한 인물은 없었다. 그리고 그 누구도 엄마 밑으로 나를 되돌려 보내야 한다는 이야기를 꺼내지 않았다. 지오가 피겨 스케이터로 한창 잘나가고 있을 때였다. 시 대회에 나가서 1등도 하고 학교 신문에도 나고 그래서 엄마 입이 귀에 걸리는 판인데, 문제아인 나를 데려와서 돌보기에는 여러모로 조건이 적합하지 않았다.

외숙모가 궁여지책 끝에 획기적인 대안을 내놓았다. 마당 쓸고 돈도 줍는 일석이조의 해결책이었다.

"아를 사람 맹그러야지요, 그거이 젤로 급한 거라예!"

담배를 훔친 아이와 같이 있었다는 사실이 그토록 사람답지 않다는 증거인지, 외숙모는 시종일관 '사람'을 만들어야 한다며 목청을 높였다. 외숙모가 낸 대안은 근처에 기숙사가 있는 기독교 중학교에 나를 보내는 거였다. 교회에서 운영하는 그 학교는 신앙심을 바탕으로 교육하고자 하는 취지가 분명한 곳이라 더 이상 딴전을 피우지 못할 거라며 강력하게 추천했다. 어쩌면 그곳은 모두의 기대에 충족할 만한 곳이었을지도 모른다. 누구도 나를 품고 살고자 하는 의지는 없었다. 다만 내가 어딘가에서 잘 살고 있어 주길 모두들 바랐으니까. 내 성적만으로는 불가능했지만 외숙모의 지인 덕에 추천 전형으로 입학할 수 있었다.

기숙사 안에서 학습된 신앙심으로 인내를 암기하며 조용히 있는 사이에 집에는 여러 가지 변화가 있었다. 엄마와 외삼촌네 식구들이 그렇게 몸을 던진 보람이 있어서인지 할머니의 연인은 떨어져 나갔고 (돌연 심근경색으로 돌아가셨단다), 외삼촌은 할머니를 조금씩 세뇌시켜 그로부터 2년여 뒤 원대한 계획을 이루었다. 삼촌은 손이 많이 가는 제재소를 팔고 해안도로변에 주유소를 두 개나 세웠다. 그리고 엄마는 그중 하나의 주인이 되었다. 주유소는 거짓말처럼 돈을 벌어들였고 한동안 놀고 있던 아빠는 출판사업을 다시 시작했다. 하지만 지오는 스케이트 타는 일을 포기했다. 발목 관절에 이상이 생겨서라고 엄마는 변명했지만 지오는 한계를 느꼈다고 했다. 능력이 안 닿는 일에 더 이상 용쓰고 싶지 않았다고.

그쯤 엄마는 내게 귀환 명령을 내렸다. 하지만 난 그때만큼은 쉽게 '오케이!'를 하지 않았다. 엄마의 소환에 단호하게 '노!'를 외친 이유는 삐뚤어져서일 수도 있고 그 당시에 다시 혼자 살기 시작한 할머니만 두고 오기도 그랬고, 또 그보다는 방학 때만 올라가 지내던 서울 집이 결코 편하지 않았기 때문이다. 크고 좋았지만 그만큼 낯설었다. 그리고 생경한 만큼 소외감도 느껴야 했다. 스케이트를 포기하고 공부에 매진하기 시작한 지오는 여전히 숨 가쁘게 학원이다 과외다 다니느라 얼굴 한번 편하게 볼 시간이 없었고, 엄마는 쇼핑으로 바빴으며 아빠도 새로 시작한 사업 때문에 밖에서 살다시피 했다. 게다가 집안일을 해 주는 아줌마는 유독 내게만 눈에 띄게 퉁명스럽게 굴었다. 아줌마가 전화 통화 중에 나를 '가외 식구'라고 부르는 걸 들은 적이 있었는데, 뭔 소리인가 해서 가외를 사전에서 찾아보니 '표준 밖, 필요 밖, 한도 밖'이라고 쓰여 있었다. 가족 구성원 중 정규 멤버가 아니란 소리다.

밖으로 볼일이 많은 세 사람이 썰물처럼 빠져나가고 난 다음 비정규 멤버가 아줌마와 둘이 있으려니 무지 불편했다. 서울에 아는 애가 없으니 나가 놀 수도 없고, 집에서 냉장고 문을 여는 것조차 눈치가 보였다. 그나마 아침저녁 시간에 엄마와 지오, 나 이렇게 셋이 모이면 두 사람은 내가 끼어들 수조차 없는 이야기를 해 댔다. 같이 지낸 시간이 적었으니 그만큼 교집합이 없는 건 당연한 일이었으리라.

그사이 서울 집에는 내가 쉽게 익숙해질 수 없는 것이 너무 많이 생겼다. 심지어 입고 먹고 쓰는 모든 물건조차도 낯설었다. 그것들은 처음 보는 브랜드를 달고 있어서 사전 지식 없이는 선불리 손을 댈 수조차 없었다. 편한 옷의 대명사인 청바지도 외우기조차 힘든 브랜드가 열댓 가지 정도는 있었고 그 외에도 처음 듣는 외국 브랜드가 자주 등장해 무슨 이야기를 하는 건지 도통 모를 때가 많았다. 옷 얘기를 하는 건가 싶으면 빵 종류라고 하고, 먹는 얘기를 하나 싶으면 로션 이름이라고 하니……. 그렇다고 하나하나 묻기도 민망해서 입을 꾹 닫고 있어야 했으니까.

그리고 무엇보다 가장 큰 낯설음은 지오와 나 사이에 있었던 그나마의 공통분모조차 없어졌다는 거다. 이유인즉! 지오가 성형을 했기 때문이다. 덕분에 쌍둥이인 우리는 전혀 닮지 않은 모습이 되었다. 쌍꺼풀 없이 긴 눈을 한 나와 달리 지오는 동그랗고 깊게 접히는 쌍꺼풀이 생겼다. 콧대도 높아지고 이목구비가 앞으로 쏟아질듯 입체감이 있는 지오는 나와는 전혀 다른 아이가 되었다. 달라진 건 지오뿐만이 아니었다. 엄마도 그랬다. 솔직히 예쁘다는 생각은 안 들었다. 미추를 따지기에 앞서 당혹감이 나를 후려치는 것 같았다. 묘한 배신감까지 뒤엉겨 나도 모르게 눈치코치 없는 말을 뱉었다.

"아니, 멀쩡한 얼굴들을 와 뜯어 고친 기가?"

내 말에 엄마와 지오는 콧방귀를 뀌어 댔다. 촌스럽다는 둥 시대착오적인 발언을 한다는 둥.

이런저런 이유로 난 엄마의 귀환 명령을 거부했다. 아주 단호하게. 왕따 문제가 심각한데 전학생이 된다는 게 쉬운 일도 아니고 그리고 무엇보다 지방 학교가 내신이 유리하기 때문에 그냥 지방에 있는 게 낫겠다는 현실적인 이유도 곁들였다. 설득력 있는 말을 골라서 했는데도 엄마는 화를 냈다.

"얘! 구더기 무서워서 장 못 담그니?"

왕따가 얼마나 무서운 구더기인지 엄마는 모르는 듯했다. 더더욱 집안에서의 왕따는 거의 죽음인데도 말이다.

그 뒤로도 일은 계속 이어졌다. 그렇게 고등학교를 입학하고 얼마 뒤, 엄마 아빠가 이혼을 했다. 지오가 전화로 내게 알려 주었다. 그 어떤 감정도 실리지 않은 채, 오로지 사실만 전하는 그런 모드였다. 아빠가 트렁크를 끌고 나갔다고. 같이 살지 않는 나로서는 뭐라고 더 물을 말도 없었다. '이런, 정규 멤버가 하나 줄었군!'

솔직하게 말하자면, 나 역시 감정의 동요가 별로 없었다. 그냥 부모님은 원래 그 위치에 세팅되어 있는 거라고 생각했었는데 그게 깨질 수도 있는 거구나 정도로만 생각이 되었다. 그 정도로 내 감정이 메말라 있었던 걸까? 어쩌면 일종의 복수 같은 느낌일 수도 있었다. 내가 겪는 부당함, 그 억울한 마음에서 비롯된 보복. 나 아닌 모든 것에 대한 보복 말이다.

며칠 뒤 학교 앞으로 아빠가 왔다. 하지만 특별히 더 새롭게 알게 된 사실은 하나도 없었다. 아빠가 갈비탕을 먹을 때 당면을 건져 놓는다는 것 말고는. 다만 미안하다는 말과 공부 열심히 해서 대학은 꼭 서울로 가라고 이야기하다가 급선회해서 '어디 사는 건 그다지 중요한 건 아닌 것 같다'며 정정했다. 그러고는 터미널에서 차 타기 직전에 아빠는 강원도 정선 쪽 시골로 내려가서 농사를 지을 거라고 말했다. 그 이야기가 마치 '앞으로 나 찾을 생각은 마라'는 얘기로 들려 야속했다. 아빠가 전에 나한테 '나 하나 참아서 여러 사람 편해지는 게 남는 장사'라고 했던 얘기가 불현듯 떠올랐지만 입 밖으로 내지는 않았다. 어차피 아빠는 남는 장사에는 별로 뜻이 없는 분인 것 같아서다.

나쁜 일은 연이어 일어난다고 했던가? 몇 달 뒤 엄마와 외삼촌이 교통사고로 돌아가셨다. 시골길 국도에서 경운기를 추월하려고 중앙선을 넘은 미니버스와 정면충돌을 했단다. 실제 상황이라고는 도저히 믿어지지 않을 만큼 순식간에 두 분은 무대에서 사라졌다. 너무나 어이없는 일이 내게도 일어날 수 있다는 사실에 진짜 어이가 없었다. 오죽하면 어이가 뭔지 검색을 해 봤고 그게 어처구니란 말을 뜻하며 어처구니는 맷돌의 손잡이란 사실도 처음 알았다. 어처구니 없이는 맷돌이 돌아가지 않는다고 해서 나온 말이라고? 처음엔 무슨 소리인가 했는데 나중에는 그게 정말 적절한 표현이란 걸 깨달았다.

두 분이 그렇게 허무하게 그리고 순식간에 사라진 것과 달리 살아남은 우리에게 그 여파는 너무 컸다. 아픔과 슬픔은 애써서 참을 수 있다 쳐도 밥줄은 바로 그 당장 숨통을 조이는 일이라

곤혹스러웠다. 일단 두 분이 우리 집안의 대표 밥줄이었으니까. 아빠 한 명만 조용히 사라진 이혼과는 달리 우리 가족 삶의 패턴이 통째로 변화되어야만 했다. 손잡이가 없는 거대하고도 육중한 맷돌 같은 버거운 삶이 우리 앞에 떡하니 버티고 있었다. 맷돌이 우리를 보며 약을 올리는 것 같았다. 어처구니 없지롱?

유가 상승과 주변에 생긴 셀프 주유소 때문에 주유소의 매출이 줄자, 두 분은 서둘러 주유소를 팔아 외삼촌의 고등학교 동창이 한다는 리조트 개발 사업에 투자를 하셨다. 그러고는 곧 오픈할 그곳에 들락거리느라 바빴는데 그날도 그곳에 다녀오다 사고를 당하신 거였다. 결과적으로 두 분은 그 리조트에 전 재산을 투자하고 목숨까지 바친 셈이었지만, 리조트 사업은 영 신통치가 않았다. 인근 주민의 민원으로 허가가 나지 않아 오픈도 못하고 차일피일하는 바람에 생계가 어려워졌다. 외숙모는 특단의 조치를 내렸다.

할머니는 지오를 부산으로 부르자고 했지만, 외숙모의 생각은 달랐다. 하나 남은 아들 경배의 교육을 위해 외숙모는 서울로의 상경을 고집했다. 이제는 집안의 대표 주자가 된 외숙모의 생각을 거스를 힘이 없는 할머니는 그 의견을 조용히 따라야만 했다. 하지만 외숙모와의 의견 대립은 그게 끝이 아니었다. 넓은 서울 아파트에 남은 가족들이 옹기종기 모여 사는 걸 상상한 우리와 달리 외숙모는 그 집을 과감하게 반으로 쪼개서 흩어져 살자고 했다. '톡 까놓고 남편도 없는 마당에 시어머니와 거기에 시누이의 자식들까지 데리고 살 자신은 없다'고 했다. 처음에 할머니는 놀라는 눈치였는데 곧이어 살다가 험한 꼴 보며 찢어지는 것보다야 애초에 갈라서는 게 더 낫다며 쿨하게 받아들였다.

급매물로 내놓은 집이 팔리자 외숙모는 부산 집이 팔릴 때까지나 리조트가 오픈할 때까지는 생활비가 들어올 구멍이 전혀 없으니 주거비는 최소한으로 줄이자고 했다. 그래서 이것저것 떼고 나니 우리는 결국 학교 앞 동네에 새로 분양한 오피스텔에 들어갈 전세금 정도가 딱 남았다. 그리고 나는 선택의 여지없이 지오가 다니는 학교로 전학을 오게 된 것이다. 일이 이렇게 진행될 때까지 아빠는 전혀 개입할 의사가 없어 보였다. 이혼한 남편이라는 입장도 있지만, 그보다는 개입할 처지가 못 되어서라는 걸 나중에서야 알았다. 강원도 산골의 아빠에게는 임신한 새 부인이 있었고, 또 거기에는 참나무에 접종된 표고버섯 종균이 비닐하우스 세 동 가득 있었다. 모두 아빠의 사랑과 지대한 관심이 필요한 것들이었다. 그러니 우리에게 나눠 줄 여분은 눈곱만큼도 없었다.

나는 서울로 올라온 뒤 보고 차원에서 아빠에게 전화를 했었다. 전화를 받은 아빠의 새 부인은 아빠가 비닐하우스에 계신다며 잠시만 기다리라더니 그 뒤로 감감무소식이었다. 기다릴 만큼 기다리다 그냥 끊어 버렸다. 곧 다시 전화가 오겠지 했는데 그러지 않았다. 내 쪽에서 다시 해 볼까 생각했지만 그만뒀다. 아빠 폰에 내 번호가 선명한 흔적이 되어 남아 있을 텐데도 아무 대답 없다는 것은 별로 통화하고 싶지 않다는 의사 표현이라는 생각이 들었기 때문이다. 그래서 할머니가 아빠하고 통화했느냐고 물었을 때 난 깜빡했다며 거짓말을 했다. 아빠가 우리를 모른 척한다는 사실이 너무 창피해서 그 사실을 덮어 버리고 싶었다. 그런데 지금 생각하니 그건 창피한 일이 아니라, 분노했어야 할 일이었다.

이제야 그런 생각이 든다. 그때 난 분노를 했어야 했다. 아빠에게 전화해 화를 내고 따졌어야 했다. '무슨 아빠가 그래?' '세상에 이런 법이 어딨어?' 처절하게 분노하고 그 분노가 빚어내는 열기를 에너지 삼아 대놓고 삐뚤어졌어야 했다.

창조하기 위해서는 우선 파괴해야 한다고 누군가 그랬다. 고로 나의 삐뚤어짐은 성장의 전조이다. 과거의 삐뚤어짐이 엇나감이었다면 이제 나의 삐뚤어짐은 존재의 외침에 부응하는 건강한 파격이다. 난 삐뚤어져야 한다! 그게 마땅한 일이다.

My turn!

짜장의 보컬 기준이가 성대 결절로 연습조차 버거워할 지경이 되었다. 선집은 냉정하게 보컬을 교체하자고 주장하며 대타로 나를 지목했다. 하지만 아이들은 반대를 했다.

"뭐야! 그건 좀 오바다!"

"아무리 우리 그룹 이름이 짜장이라도 그렇지, 아무나 막 엮어 비비니?"

"굴러온 돌이 옆차기하네!"

짜장의 시다바리 정도로만 쓰려던 애가 이제 노래까지 한다고 깝죽대는 게 처음에는 영 못마땅했으리라. 하지만 며칠 뒤 아이들은 내게 급 호의를 보이기 시작했다. '아무나'이고 '굴러온 돌'

이었던 나에게 대접을 하기 시작한 이유는 기준이가 완전히 나가떨어졌기 때문이다. 처음에 기준은 책임감 때문에라도 반드시 하겠다고 우겼다. 공연도 얼마 남지 않은 터라 손을 놓는다는 건 정말 무책임한 일이었기 때문이다. 하지만 어느 날 연습실로 노크도 없이 기준의 엄마가 뛰어 들어왔다.

"스펙에 도움 될 것도 아닌 시답잖은 공연에 온전치도 못한 목을 쓰는 건 오백 원짜리만도 못한 호기거든!"

이렇게 우리의 공연 자체를 비하하면서 유치원생 아들을 끌고 가듯이 기준을 데리고 나갔다. 꿩 대신 닭이라고, 덕분에 난 보컬이 되었다.

보컬이 되어 노래하는 시간은 황홀함 그 자체였다. 칠흑 같은 어둠 속에서 내가 선 자리에만 환한 빛이 쏟아지는 느낌이랄까? 우주의 중심이 된 것 같은 뿌듯함에 배가 고픈 줄도 몰랐고 거울 속 내 모습을 보면 왠지 빛이 나는 것처럼 보일 때도 있었다. 반짝반짝 아니, 그 정도가 아니라 번쩍번쩍! 하지만 그런 만큼 불안함도 따랐다. 잘해야 한다는 강박감과 잘하고 싶다는 욕심이 쌍곡선을 이뤄서 내 목을 조였고 밤새 잠을 설치곤 했다. 다음 날 아침이면 설친 잠 때문에 온몸에 수분이 빠져나가 몸이 한결 가벼워진 것 같았다. 아닌 게 아니라 실제로 몸무게가 2킬로그램이나 증발했다.

그러나 머지않아 실종된 몸무게가 음악에 대한 의욕 때문만은 아니라는 것을 알게 되었다. 거울 앞에 서서 한결 날씬해진 내 모습을 보며 '자뻑'을 일삼다가 깨달았다. 애교 섞인 표정까지 지어 보이는 내 자신과 거울 속에서 마주치면서 순간, 그 대상이 바로 선집이라는 것을 깨달은 것이다. 이런! 선집이가 남자로 보이기 시작했다. 그렇다고 그 애가 남성으로서의 매력을 보여 준 건 아니었다. 우리 사이에는 아무 일도 없었다. 여자애들 중 누구는 선집의 턱선이 섹시하다는 둥, 양 미간 사이로 잡히는 주름이 그렇다는 둥, 누구는 선집이가 호탕하게 웃을 때 튀어나오는 첫음절의 목소리가 매력적이라는 둥 이런저런 이야기들을 했지만, 난 그런 생각조차 해 본 적이 없었다. 차라리 기타 줄 위에서 현란하게 움직여 대는 그 애의 긴 손가락을 보면서 가스불 위에 얹은 오징어의 몸부림이 떠오른 적은 있었다. 그게 전부였는데……. 왜 갑자기 그 애를 향해 내 마음이 끓기 시작한 걸까? 그 애에 대한 나의 감정은 한순간에 눈이 멀게 되는 것처럼 아찔함으로 와닿은 건 아니었다. 아마 오래전부터 뭉근하게 천천히 나를 덮쳐 온 게 아닐까. 어쩌면 그간에 내 안에서 차곡차곡 쌓인 걸 내가 미처 깨닫지 못하고 있다가 선집의 그 말 한마디에 비로소 알게 된 걸지도 모르겠다.

"지오 좀 만나게 해 줘!"

녀석이 어느 날 대들 듯이 말했다. 처음에는 그냥 하는 말이라고 생각해 가볍게 받았다.

"만나지 마! 걔 완전 까칠해."

"까칠하면 어때?"

"어떻긴? 걔 진짜 짜증 난다니까? 성질 더러워."

"설마!"

"설마라니? 자뻑이 거의 병적이야."

"원래 이쁜 애들은 그럴 수밖에 없어. 그건 자뻑이 아니라 사실이니까."

"헐! 걔 우리 반 왕따인 거 몰라?"

"그러니까 나라도 놀아 줘야지."

"안 그래도 살기 힘든 세상 뭐 하러 그딴 일을 해? 친구로서 말리고 싶어."

이쯤에서 이야기는 끝이 날 거라고 생각했다. 그런데 놈은 농담이 아니었다. 거의 생떼를 쓰는 아이처럼 집요하게 달려들었다.

"왜 안 돼? 어차피 걔랑 나랑은 아는 사이야."

"어떻게 너랑 안다고 할 수 있어? 네가 아는 지오는 우리가 만든 지오지, 걔가 아니거든!"

"아니긴 뭐가 아니야? 걔를 두고 내가 나름 상상의 나래를 좀 폈다 뿐이지, 걔는 걔인 게 맞지!"

내가 굳이 '우리가 만든'이라는 표현을 썼는데도 놈은 일부러 '우리'에서 벗어났다. 우리의 우리가 그렇게 연약한 거였나? 내가

'지오 세이'를 빌려 그토록 많은 걸 전수했건만 대체 그 시간에서 왜 나를 빼려는 건지 이해가 안 갔다. 마치 나를 빼고 지오와 자기, 단둘만의 의미를 부각시키려는 것 같아 많이 야속했다.

"야! 걔는 네가 아는 지오가 아니라니까!"

"됐어. 내가 아는 지오는 아니라도 이제부터 내가 알고 싶은 지오면 돼!"

어휴! 쪼다! 내가 말하는 '네가 아는 지오'가 곧 '나'라는 이야기를 내가 하고 있다는 걸 쟤는 정녕 눈치를 채지 못한단 말인가? 자괴감이 밀려들었지만 다시 한번 강조했다.

"암튼, 걔는 안 돼!"

이렇게까지 내가 우길 때에는 한 번쯤 '어? 얘가 왜 그러지?' 하고 생각해 봐야 하는 거 아닐까? 하지만 내 마음을 헤아리는 데는 별 뜻이 없어 보였다. 나를 이해하고 싶은 마음이 없기 때문이려나? 서운한 마음이 들었다.

"네가 뭔데? 좋아! 승미한테 얘기해 보지 뭐! 같은 반이라며."

그러고는 혀를 낼름 내밀어 메롱 하는 표정을 지어 보이고 자리를 떴다. 나쁜 놈!

'네가 뭔데?' 선집의 말은 생각보다 여운이 오래 남았다. 이명처럼 내 귀에 자리 잡고 앉아 계속 나를 자극했다. 맞다! 그 말대로 난 그 애에게 아무것도 아니다. 하지만 이젠 그 무엇이고 싶었다. 선집에게 무엇이고 싶다는 나의 욕구는 어찌나 강하던지 달달한 수면의 욕구까지도 일순간에 다 제거해 버렸다. 깊은 밤에도 오히려 머릿속은 더 명료해지고 온몸의 세포들은 기립한 채 긴장을 풀지 못했다. 살면서 처음 만나 본 생뚱맞은 욕구였다.

근거 없는 적개심이 내 안에서 마구 솟구치는데도 최소한의 죄책감이 생기지 않았다. 당연 그 적개심의 대상은 지오였다. 선집이 지오를 거론했다는 이유 하나만으로도 지오는 이제 나에게 분명한 적이 되었다. 지오는 나에게서 과거를 훔쳐 가려 하고 있다. '지오 세이' 하던 시절을 송두리째 훔쳐 가려고 하는 도둑. 정작 그 시절에 지오의 이름을 빌려 쓴 사람이 나였다는 사실은 별로 중요한 게 아니었다. 지오는 나쁜 계집애다. 그러므로 내 과거를 지키기 위해서라도 승미를 동원하기로 했다.

"혹시 선집이가 너한테 뭔 부탁 안 하디?"

"우빈이가? 뭘?"

선집이라는 이름만으로도 승미는 내 말에 집중했고 자초지종을 듣고 난 뒤에는 성마른 표정이 되었다. 하지만 입으로는 쿨한 척 여전히 딴청이었다.

"그래? 그래서 어쩌라고?"

"얘는~ 어쩌긴? 원천 봉쇄를 해야지. 난 싫어! 지오 걔가 우리 짜장 멤버하고 사귄다는 것도 싫고. 만약 둘이 사귀게 되면 아마 결국 걔가 여기 물도 흐릴걸? 모르긴 해도 지오가 선집에게 그깟 그룹 때려치우라고 할지 몰라! 걔 원래 지 맘대로 들었다 놨다

하잖아.”

짜장이라는 모두를 위해 그 일을 막자는 명분 앞에 승미는 아주 만족해하는 표정을 지었다. 자신도 질투심 때문에 지오를 차단하는 것처럼은 보이기 싫었을 테니까. 하지만 우리 둘 다 바보가 아닌 다음에야 그런 명분이 어처구니없는 것임을 모르지 않으리라. 그래도 우리 둘은 완벽하게 바보인 척하며 대의명분을 위해 그 일을 하자고 손을 잡았다.

이로써 승미는 자연스럽게 내 편이 되었다. 그리고 승미의 따까리 희주와 미원이도 자연스럽게 건너왔다. 나를 중심으로 서로에게 호의적인 사이가 된 우리는 여름 방학을 맞이해 연습 시간을 대폭 늘렸다. 오로지 짜장끼리만 똘똘 뭉쳐 지낼 작정으로. 오디션 프로그램도 준비하자며 새로운 창작곡도 받아 왔고 더불어 연습의 강도를 높여서 그 누구도 한눈팔 시간이 없도록 만들었다. 그러면서도 아이들은 사이사이 무심결에 흘리듯이 지오에 관한 안 좋은 이야기를 퍼뜨렸다.

“걔 있잖아, 우리 반 왕따.”

“누구? 아! 걔 지오? 하여간 재수탱이야.”

“쉿! 은오 듣겠다!”

물론 철저하게 의도된 일이라 우연을 가장한 상황이 다소 작위적이었지만, 그럼에도 불구하고 이런 일에 능숙한 애들이라서 그런지 표정 연기가 정말 자연스러웠다. 다들 노래보다는 연기

쪽이 더 적합한 게 아닐까 싶을 정도였다.

노래를 하는 동안만큼은 여전히 행복했다. 무아지경에 빠진 듯한, 정말 쫀득쫀득한 행복을 맛볼 수 있는 시간이었다. 게다가 사랑 노래 가사에 내 마음을 얹어 뽑아내는 소리는 이전의 것과는 사뭇 달랐다. 아마도 선집을 떠올리면서 노래를 해서 그런 듯했다. 기타를 치는 선집은 늘 내 뒤에 있지만 내 안에도 있고 벽면 유리 속에도 있고 공기 속에도 있고……. 휴! 그 애가 없는 곳은 아무 데도 없었다. 그래서일까? 내 감정은 농도 짙은 무엇처럼 늘 진득하게 흘렀다. 묘한 기분이었다. 인간의 감정이 이토록 많은 것을 변화시킬 수 있다니.

연습을 마치고 집으로 돌아가는 밤길의 공기에는 늘 야릇한 향기가 번져 있었다. 난 그게 내 안에서 나오는 거란 걸 알았다. 뭔가를 이룬 자에게서 나오는 향기, 내가 피운 꽃이 열매가 되기 위해 뒤트는 몸부림, 그것들의 향기였으리라. 아! 그거 화룡점정, 용의 그림에 눈동자를 찍음으로써 그림이 살아 움직이게 된다는 그 화룡점정의 의미가 실감 났다. 무채색의 삶이 서서히 채색이 되어 가는 느낌이었다. 그렇게 평화롭게 세상은 계속 굴러가리라고 믿었는데……. 물론 살면서 문제가 없기를 바랄 수 없겠지만 적어도 당분간은 평화로우리라 생각했다. 왜? 난 그동안 너무 많은 일을 겪었으니까. 내 몫으로 할당된 시련은 이제 다 끝났을 거라며 안도감마저 느끼고 있었다.

어느 날 집에 돌아오니 외숙모가 거실에 대자로 주저앉아 눈물 바람을 하고 있었다. 손에 쥔 광목 손수건이 어찌나 누렇고 후줄근하던지 그 모습을 보고 있는 것만으로도 충분히 비극적이었다.

"인자 다 끝나 버렸다 아이가! 우웨 사노?"

엄마와 삼촌이 투자했다던 그 리조트가 최근에 로비 층이 무너지면서 부실 공사가 드러났는데, 지방 신문사들이 크게 보도했고 그 바람에 투자자들이 손을 떼면서 망해 버렸단다. 엄마와 삼촌을 투자하도록 유도한 삼촌 동창인가 하는 사람은 어디론가 사라졌고 재산 대부분을 그쪽에 밀어 넣은 삼촌네와 우리는 졸지에 알거지가 되었다고. 그동안은 리조트가 오픈만 하면 우리 모두 화창한 봄날이 될 거라고 기대했는데 그게 다 끝났다는 이야기를 외숙모가 전했다. 난 실용음악 학원에 다니려고 했는데…….

설마! 현실이 믿기지 않아 눈만 껌뻑이는 나에게 외숙모는 울먹이며 하소연했다.

"야, 야, 은오야! 인자 우린 다 길로 나서게 생겼다 아이가!"

또다시 '설마' 소리가 입안에 고였다. 그도 그럴 것이 맨날 할머니가 입버릇처럼 걱정하던 일이 지금 재현되고 있었다. 할머니는 틈만 나면 잔소리 끝에 말했다.

"경배 어멈을 우웨 믿나! 잘몬하면 니들 거지 된다."

처음에는 할머니의 말이 경각심을 주는 경고라고 생각했다. 정신 줄 놓지 말라는 뜻이랄까? 그 끝에는 세트처럼 따라붙는 말도 있었다.

“니 아빠는 핫바지라, 니들이 정신 바짝 안 차리모 길로 나앉는다 아이가!”

아빠가 허당인 게 사실이므로 어느 정도 신빙성 있다고 생각은 했다. 실제로 의심 가는 일도 많았다. 서울에 입성한 외숙모는 약간 신이 나 보였다. 외숙모가 경배하는 경배에게 양질의 교육을 시킬 수 있게 되었다고 좋아하며 강남의 내로라하는 유명 학원에 보냈다. 그리고 외숙모는 ‘짝퉁’이라고 강조했지만 결코 그렇게 보이지 않는 고가의 백을 들고 다니는 걸 여러 번 목격했다. 그래서 아마 내 입에서 ‘설마’라는 말이 맴돌았을 것이다.

내가 ‘설마’라는 말만 입속에서 굴리고 있을 때 지오는 다르게 반응했다. 꼬치꼬치 따졌다. 무슨 방법이 있지 않겠느냐, 이렇게 가만히 당하고 있는 게 맞는 일이냐, 우리 엄마가 투자한 금액이 얼마냐, 그럼 앞으로 우리는 어떻게 되는 거냐 하는 등. 외숙모는 나름의 대답을 했지만 별로 아는 바가 없는 건지 얼버무리는 대목이 많았다. 변호사를 선임해서 일을 해결 중이니 기다려 보라고만 했다. 그리고 그런 식으로 따져 묻는 게 마치 사람을 의심하는 것처럼 들려서 기분이 나쁘고 완전 섭섭하다며 지오를 째려봤다. 그러고는 외숙모가 갑자기 자세를 곧추세우고 옆머리를 귀 뒤로 단정하게 넘기며 목청까지 가다듬더니 진지하게 서두를 꺼냈다. 이제까지의 통곡은 본론을 위한 전야제에 불과했다.

"둘은 몬 한다."

상황이 이렇게 되었으니 이제 우리 형편에 나와 지오를 둘 다 대학에 보내는 건 불가능하니 더 늦기 전에 하나는 취업을 준비하라는 말이었다.

"가도 몬 할 대학, 괜한 헛발질하지 말고! 아까분 시간 애껴서 이제라도 먹고 살 궁리를 해야 안 하겠나? 돈 나올 구녁이 오데 하나나 있나? 글타고 나이 드신 할매가 나가 벌 수도 없는 기고……."

그 이야기를 하면서 외숙모는 나를 바라봤다. 보기만 할 뿐인데도 눈빛은 많은 말을 하고 있어서 난 눈을 부라렸다. 부라린 눈에 이내 눈물이 고였다.

"와? 와, 나를 보는데요?"

거친 억양의 내 말에 외숙모는 움찔했다. 난 또다시 핏대를 세우고 소리쳤다.

"와? 쟈도 있는데 나를 보냐 말이에요?"

"내 언제 너를 봤다카나! 야가 생사람 잡네! 암튼, 내는 모른다. 니 둘이 갈라 뽕을 하든 의자 뺏기를 하든, 뭘로든 둘이 결정해서 해라. 암튼 둘은 몬 한다."

지오나 할머니나 그 누구도 포기해야 할 사람이 나라고 말하는 사람은 없었지만 모두 나를 지목하고 있는 게 보였다. 나를 향해 그려진 세 개의 화살표가 내 숨통을 조이는 기분이었다. 다만 먼젓번에 발칵 화를 냈던 탓인지 할머니도 지오도 별소리 없이 딴청만 하고 있었다. 난 벌떡 일어나 큰소리로 외쳤다.

"마이 턴! 마이 턴이라꼬! 알아듣나? 인자 내 차례라꼬!"

웬 뜬금없는 말이냐는 표정으로 세 사람이 나를 바라봤다. 충분히 주목받았다고 생각한 나는 힘주어 말하기 시작했다.

"내 목숨 걸고 말하는 건데, 난 갈라 뽕도 의자 뺏기도 안 할 거고, 절대로 포기 안 한다. 왜 또 내가 양보를 해야 해? 인제 난 암것도 포기 안 해! 이제 내 차례야. 내 차례라고!"

그리고 스스로에게 세뇌라도 하듯이 반복해서 중얼거렸다.

"이번엔 내 차례야!"

이렇게라도 하지 않으면 자연스럽게 밀려서 금 밖으로 밀려 나갈 것이었다. 어릴 적에 그랬듯이. 그러므로 난 내 자리를 사수해야겠다는 의지로 외쳤다.

"마이 턴!"

그때였다. 지오가 갑자기 식탁 위에 엎드려 큰소리로 울기 시작했다.

"그럼 난 어떡하라고! 이번 방학 때 특강도 듣고 논술도 해야 하는데 어쩌란 소리야!"

그러자 할머니가 지오의 어깨를 토닥이며 달래기 시작했다.

"걱정 마라. 특강비야 할매 반지라도 팔아가 마련해 주께."

그리고 뒤이어 이어지는 외숙모의 훈수.

"하기사 드가기만 드가면 요샌 학자금 융자도 잘돼 있다 카던데…… 공부만 잘하면야 뭐가 걱정이고?"

순간 '저 사람들 눈에는 내가 안 보이는 건가?' 하고 벽장 유리에 나를 비춰 봤다. 어떻게 나를 철저하게 배제한 대사를 저렇게들 나눌 수 있는 건지……. 난 너무도 기막혀 다시 한번 큰 소리로 외쳤다.

"안 들려? 이젠 내 차례라고!"

하지만 내 목소리 못지않게 볼륨이 높아진 지오의 울음소리에 내 외침은 또 한 번 자연스럽게 묻혔다. 어이없고 기막히고 허탈하기까지 했다. 늘 나를 열외로 두는 데 익숙해진 저들은 또다시 아무렇지도 않게 나를 열외로 밀어 두었다. 고로 내가 열외가 아니란 것을 알려 주는 방법은 한 가지뿐이란 생각이 들었다.

사라지는 것이다. 그렇게 되면 비로소 나의 부재를 깨닫게 되리라. 두고 봐라!

• • •

바닥을 치고 올라서는 법

방법은 한 가지다. 그들의 행렬에서 이탈해 눈을 까뒤집고 나를 찾게 만드는 것, 그것뿐이었다. 흔히들 가출이라고 말하는 그것. 의도한 바가 있어 밖에서 뭔가를 하기 위해 나가는 가출도 있겠지만, 내 경우 가출의 의미는 '얘가 왜 그럴까?' 하고 환기시키고자 하는 일이다. 일종의 충격 요법으로, 문제가 뭔지 모르는 사람들에게 필요한 방법이었다.

하지만 사라진다는 게 생각보다 쉽지가 않았다. 몸을 작게 해서 집 어딘가에 숨을 수 있다면 아주 편할 텐데, 그건 불가능하니 결국 어디로든 가야 했다. 쉽게 들키지 않을 그런 곳으로, 즉 그들의 예측이 불가능한 곳으로 가야 했다. 그러나 문제는 그런

곳은 나 역시 예측 불가능하다는 점이었다. 그들이 모르는 곳을 내가 알 리가 없으니.

아는 바가 없으니 예측은커녕 상상조차 할 수가 없는 형편이었다. 하는 수 없이 터미널 매표소에 서서 끝도 없이 길게 내려 적힌 도시들의 이름을 훑어봤지만, 의외로 내가 아는 곳이 없었다. 눈에 익은 도시가 있긴 했지만 그 도시에 대해 아는 거라고는 초딩 때 배운 지역별 특산물 정도? 그 정도의 인연으로 할 수 있는 일은 아무것도 없었다. 결국 부산행으로 표를 끊었다. 부산은 어린 시절의 유배지이므로 그곳으로 다시 간다는 건 자존심 상하는 일이었지만, 난 지금 자발적 유배를 가는 중이므로 어쩌면 그곳이 필연적인 귀착지일 수도 있었다. 이곳저곳 새로운 도시에 유배지라는 이름을 부려 놓고 싶지는 않았으니까.

고속버스의 창가 좌석에 앉아 꺼 두었던 핸드폰을 잠시 켰다. 그러자 막혔던 길이 뚫린 것처럼 문자와 카톡이 한꺼번에 밀려들며 부르르 떨었다. 궁금했지만 열어 보지 않았다. 열어 보고 나면 난 이 길을 떠나지 못할 것이었다. 할머니의 목멘 소리에 마음이 심란해질 것이고 떼로 덤빌 짜장 멤버들의 비난과 질타에 좌불안석이 될 것이며 혹여 선집이 만나자는 문자라도 보냈다면 나도 모르게 '콜'을 하게 될지도 몰랐다. 그리고 마지막으로 아무 연락조차 안 했을 지오를 떠올리며 분노했을 것이다.

'나쁜 계집애, 이게 다 너 때문이라고!'

마음의 평정을 잃고 싶지 않아 핸드폰을 다시 꺼 버렸다. 그때 뒷좌석에 앉은 꼬마가 자기 엄마를 연거푸 불러 댔다.

"엄마, 엄마!"

창밖을 보며 조잘대는 아이는 짧은 문장 사이사이에 '엄마, 엄마' 소리를 끼워 넣었다. 습관인 듯했는데 내게는 마치 자랑하는 것으로 들렸다. 그 소리를 계속 듣고 있자니 갑자기 안에서 뜨거운 것이 왈칵하고 치밀어 올랐다. 어릴 적부터 그랬다. 아이들이 자기 엄마 이야기를 하면 나의 아킬레스건이 툭툭 건드려지는 듯한 느낌이 들었다. 그래서일까? 아이가 엄마를 부르는 소리에 갑자기 눈물이 후드득 떨어지기 시작했다. 정말 예상치 못한 반응이었다. 난 입을 틀어막고 울음을 삼켰다. 하지만 주둥이를 막은 수도꼭지 사이로 어떻게든 비집고 나오려는 수돗물처럼 울음은 줄기차게 번졌다. 입을 막으니 어깨가 들썩였다. 청바지 위로 떨어진 눈물 얼룩을 보며 울고, 차창에 비친 내 모습을 보고 울고. 그렇게 얼마나 울었는지 모른다. 헐거운 걸쇠를 걷어 내고 도망쳐 나온 울음이었다. 어찌 보면 당연한 수순이었을지도 모른다. 이미 오래전부터 걸쇠가 들썩였으니 때가 되었는지 모른다. 더욱이 난 지금 어디로 가야 할지 몰라 헤매는 중이니 엄마가 더 그리울 수밖에.

졸지에 엄마와 삼촌을 잃은 온 가족은 한동안 다들 넋을 잃고 지냈다. 이틀 밤낮을 꼬박 잠만 자는 지오와 혼절하듯 앓아누운 할머니 그리고 계속 눈물만 짜고 있는 외숙모. 하지만 난 달랐다. 밥 잘 먹고, 집 안 청소도 하고, 경배도 돌봐 주고, 문상 오는 분들 방명록 정리도 했다. 친척들이 그래도 큰딸이라 다르다며 칭찬하는 이야기에 고무되어서는 아니었다. 진짜로 큰딸 노릇을 할 계획이 있어서도 아니었고 나라도 정신 차려야겠다는 책임감이나 사명감 때문은 더더욱 아니었다. 왜냐하면 난 엄마의 죽음 앞에서 아무렇지 않기로 작정을 했기 때문이다. 그건 적개심의 또 다른 표현이었다. 엄마는 내게 진 빚을 아직 하나도 갚지 않은 사람인데, 그렇게 줄행랑을 치듯 사라진 엄마가 도저히 용서가 안 되었다. 그래서 난 작정했다. 엄마의 죽음 앞에서 초연하기로. '난 암시롱도 않네' 하며 엄마한테 보여 주고 싶었다. '난 여전히, 아임 오케이라카이!'

하지만 아무리 이를 악물어도 무너지는 순간순간은 있다. 아무리 '아임 오케이!'를 몇 만 번 외쳐도 그런 순간은 꼭 왔다. 내가 아무리 다짐을 하고 눈을 부라려도 그냥 단숨에 확 하고 나를 덮치는 질기디질긴 막막함. 그럴 때는 올무에 갇힌 짐승처럼 꼼짝없이 있어야 한다. 그 순간들이 모여 힘을 합쳐 오늘 드디어 걸쇠를 열었다. 저 꼬마의 습관적인 외침이 빌미가 되어. 엄마는 내게 정리할 빚이 있었다. 엄마는 살아생전 내게 말했어야 했다.

너를 떼어 놓아서 미안하다고. 그리고 왜 하필 나를 떼어 놓은 건지도 설명했어야 했다. 굳이 살가운 엄마가 아니더라도 그냥 곁에 있어 주기만 했더라도 난 엄마의 온기를 전해 받을 수 있었을 것이다. 그러므로 엄마는 나를 내팽개친 사실에 대해 사과를 했어야 했다. 아니, 사과를 못 할 거라면 두고두고 살면서 내 투정이라도 받아 줬어야 했다. 그리하여 내 안에 절대 채워지지 않는 엄마라는 메마른 허기에 약간의 습기라도 보태 줬어야 했다.

할머니 댁에서 지내던 어느 날, 방바닥에 누워 천장을 보면서 이런 생각을 한 적이 있다.

'내가 지금은 이렇게 방전된 무엇마냥 살고 있지만 언젠가 콘센트에 플러그를 꼽아 전류가 흐르듯이…… 언젠간…… 괜찮아질 거야.'

그리고 막연하게나마 그 언젠가를 엄마에게 돌아갈 즈음이라고 생각했던 것 같다. 그런데 이젠 돌아갈 곳이 없었다. 내게 남은 거라고는 자가발전을 통한 충전뿐이었다. 그런데 그게 쉽지가 않았다. 그래서 화가 났다.

무엇보다 지오가 미웠다. 엄마가 돌아가시고 얼마 뒤 중간고사가 있었을 때 지오는 독서실에서 날밤을 새며 공부를 하더니 반에서 1등을 했다. 그 결과에 대해 학교 샘들이나 할머니, 외숙모 등 입 있는 사람들은 모두 침이 마르도록 칭찬을 했다. 하지만 난 그게 죽도록 얄미웠다. 얄미워 미칠 것 같아 나도 모르게 비아냥거렸다.

“넌 공부가 되디?”

지오가 답했다.

“그럼 죽니?”

탱글탱글한 삶의 의지가 볼따구니 가득 들어 있는 듯한 표정으로 내가 보낸 비아냥거림을 반사했다. 난 그 기세에 눌려 풀이 팍 죽었다. 처음에 초연한 척했던 것과 달리 시간이 지날수록 힘들어졌다. 낯선 서울에서의 학교생활에 적응하는 게 힘들어서가 아니었다. 서울에 왔음에도 불구하고 엄마가 없다는 그 결핍이 나를 힘들게 했다. 솔직히 난 엄마가 그리웠다. 미치게 그리웠다. 부산에 떨어져 살면서 자주 보고 살던 엄마도 아니었건만, 이상하게도 사무치게 그리웠다. 앞으로 영영 엄마를 못 본다는 사실이 주먹질처럼 내 가슴을 치곤 했다. 무슨 조홧속인가 싶었다. 엄마랑 같이 살면서 엄마의 온갖 배려와 보살핌을 받으며 살던 지오는 정작 저렇게 여전히 우아한데, 난 그것도 아니고 잡초처럼 살았으면서 여전히 엄마를 그리워했다. 지오가 물병에 물을 다 채워 더 이상 갈급한 게 없다면 난 늘 빈 물통을 덜컹거리며 살기 때문이리라. 그래서 지오가 잘 살고 있는 걸 볼 때마다 화가 났다. 그리고 지오한테 화가 날 때마다 죽고 없는 엄마한테까지 화가 났다. 말도 안 되는 소리지만, 둘이 짜고 날 골탕 먹인다는 생각도 들었다. 하긴 죽어 없어진다는 건 이곳에 남은 사람들을 약 올리는 일이다. 링 위에서 사라진 선수를 향해 주먹질을 하려니 김이 빠진다. 우 씨!

한참을 울고 나서 정신을 차리고 보니 건너편 옆 좌석의 아줌마가 넋 놓고 나를 바라보고 있었다. 아줌마 눈에 비친 내 모습이 부담스러워 급히 표정을 추슬렀다.

*

이럴 수가! 정말 막막해서 아무 생각도 할 수 없었는데 기적처럼 내게 안락한 피신처가 생겼다. 덕분에 금세 항복하고 손들고 집으로 들어가는, 쪽팔리는 일만은 면할 수 있게 되었다. 사실 얼마든지 그럴 가능성이 있었던 행보였는데. 돈이라고는 지오학원 특강비로 주려던 할머니의 비상금을 털어 나온 게 전부였으니까. 삼시 세끼를 먹고 찜질방 비용까지 낸다면 하루이틀이면 끝날 액수였다. 알바를 구하는 일도 불가능한 상태에서 뭘 하면서 시간을 죽여야 할지도 난감한 문제였는데, 그 모든 게 한꺼번에 해결이 되었다. 일석삼조의 완결판이 나를 위해 마련되어 있었다. 하늘의 뜻이라고 하면 오버일까?

내가 버스에서 내려 서성이는데 버스 안에서 부담스러운 눈빛으로 보던 아줌마가 선뜻 다가오더니 나를 분식점 안으로 데려갔다.

"점심때니 같이 밥 먹자."

부연 설명도 없이 눈 한 번 찡끗하는 걸로 날 이끌었다. 예전에 배 타고 팔려 갈 뻔했던 과거가 떠올라 잠시 멈칫했지만, 아줌마의 정겨운 눈빛에 일순간 긴장이 풀렸다. 할머니가 봤다면 내게 '간 큰 년'이라고 고함쳤을 게다. 하지만 나도 18년을 거저 살지 않았기 때문에 살면서 나름 체득한 게 있었다. 적어도 사람의 눈빛 정도는 제대로 읽을 만한 능력이 있다고 자부한다. 아줌마의 눈빛은 순도 높은 그것으로, 마치 초식 동물의 무해함이 담긴 눈빛이었다. 공격성이라든가 음험함 그딴 건 하나도 없어 보였다.

분식집에서 메뉴판을 눈으로만 읽고 있는 나를 본 아줌마는 내 몫으로 돈가스를 주문했다. 독심술도 할 줄 아나 싶었다. 아줌마는 주문한 콩국수에 소금을 휘휘 뿌려 한 모금 크게 마시고는 비로소 입을 뗐다.

"너…… 갈 데 없지?"

"……."

"하긴…… 갈 데가 있으면 여기 이렇게 앉았겠니?"

난 고개만 끄덕였다.

"그럼 하나만 먼저 물어볼게. 집 나온 거니? 일명 가출 고딩?"

역시 끄덕였다. 일단은 말하지 않고 버텼다. 할머니는 맨날 나보고 '맹해서 생각도 않고 덜컥덜컥 발부터 디밀어서 번번이 잡아맥히고 댕긴다'고 하셨지만 나도 나름 간을 볼 줄 알았다.

"역시 그랬구나. 일단 먹고! 나도 먹으면서 생각 좀 해 볼게. 우리…… 먹고 나서 이야기하자."

순식간에 '우리'로 엮는 아줌마 덕에 편하게 돈가스를 먹을 수 있었다. 아줌마는 콩국수를 정말 맛나게 드셨다. 국수를 젓가락으로 휘휘 말아 날렵하게 수저 위에 얹고는 콩국수 국물에 한 번 담갔다가 입속에 쏙 넣는 품새가 어찌나 노련하고 깔끔한지 턱없이 신뢰감이 생겼다. 아무리 어려운 문제가 생겨도 쉽게 풀어낼 타입일 것 같았다. 그리고 내 추측은 맞았다.

"너도 무슨 말 못 할 사정이 있어서 얘기하고 싶지 않을 거야. 그렇다고 억지로 집에 돌려보내는 건 방법이 아니라고 생각해. 아! 그렇다고 가출을 잘했다는 소린 아니고. 다만 너도 네 사정이 있을 테니 존중해야지. 그리고 솔직히 억지로 보내려 들면 다른 데로 튈 거잖아? 근데 아줌마 생각엔…… 괜히 서성이다 이상한 곳에 휩쓸리거나 그럴까 봐 걱정이 돼서…… 그래서 생각해 봤는데…… 아줌마가 가포리에서 펜션을 하거든? 거기 여분의 방이 있으니까, 거기서 하루이틀 지내면서 생각해 보는 것도 괜찮을 듯싶은데…… 어떠니?"

어디 나쁜 데 데려다 팔아먹는 것만 아니라면 나로서는 거절할 이유가 없었다. 그리하여 난 바닷가 근처에 있는 그림 같은 유럽풍 펜션에 우아하게 묵을 수 있었다. 고맙게도 아줌마의 집에는 내가 어려워해야 할 아저씨도, 못된 딸이나 포악한 아들도 없었다. 하다못해 눈치 주는 친척 아주머니 정도도 없었다. 끼니때 이것저것 먹으라고 반찬 훈수를 두는 구수한 할머니 한 분만 계실 뿐이었다. 그리고 또 더더욱 고맙게도 휴가철인데도 불구하고 이곳에는 손님이 뜸해 내 몫의 근사한 이 층 방도 남아 있었다.

아줌마는 아까워하는 기색 하나 없이 내게 방을 내어 주셨다. 방만 주신 게 아니라 읽을 책 몇 권과 아줌마 아들이 쓰다 두고 간 거라며 작은 노트북도 하나 빌려주셨다. 그러고는 저녁나절에는 깜빡했다며 허둥지둥 들어와 사각거리는 새 침대 커버로 갈아 주셨는데 그 대목에서 나는 완전히 감동 먹었다. 침대 네 귀퉁이에 시트를 찬찬히 접어 끼우는 손끝에 정성이 묻어났다. 혹시 하늘에서 내려온 천사일지도 모른다는 생각이 들어 겨드랑이 쪽을 찬찬히 살펴봤는데, 팔을 들 때마다 출렁거리는 아줌마의 넘치는 살이 날개로 변신하기에는 전혀 적절치 않다는 생각이 들었다. 아줌마는 천사가 아닌 건 분명하지만 상대를 천사 같은 사람으로 만드는 재주가 있었다. 난 아줌마의 호의에 감동해 자발적으로 나가서 일을 도왔다. 열과 성의를 다해서 뒷마당에 걸린 빨래를 걷고 햇살에 바삭하게 마른 수건들을 직사각형으로 접어 놓고 걸레로 구석구석 닦았다. 이상하게 청소를 할 때마다 자꾸만 할머니가 떠올라 마음이 편치만은 않았다.

이틀 밤을 자고 일어났는데도 아주머니는 아무것도 묻거나 따지지도 않았고 이제는 집에 들어가라는 식의 훈계조차 하지 않았다. 아줌마가 고맙다 못해 약간 수상쩍기 시작했다. 사흘째 되던 날 밤. 펜션 마당에 놓인 그네에 앉아 음악을 듣고 있는데 아줌마가 자다 말고 졸음에 겨워하며 비척비척 나왔다. 사위가 너무 조용해 그네의 이음새에서 나는 쇳소리가 거슬려서 한 소리 하시려나 했는데, 아줌마는 나오자마자 바닥에 쭈그리고 앉아 풀에 불을 붙였다.

"벌레들 쫓는 사철쑥이야."

그러고는 다시 비척비척 걸어 들어갔다. 너무 고마운 나머지 화가 났다. '뭐야? 무슨 어른이 저래?' 애들만 보면 '한 소리 하기'가 특기인 것 같은 보통의 어른들과는 아주 달랐다. 그 동네 아줌마들이 호기심으로 나에 관해 물어도 아줌마는 '먼 친척 조카'라며 나를 감쌌다. 그랬는데도 왜 그렇게 뒤틀린 마음이 밤새 나를 붙잡았는지 모르겠다.

'아니! 어른이 돼서 애를 바른길로 이끌어야지. 그냥 놔두는 건 아니지 않아? 하기야 어차피 남의 집 애니까 내 알 바 아니다, 이거겠지 뭐!'

말도 안 되는 적반하장 같은 생각을 했다. 아침상을 받으면서 대체 내가 왜 간밤에 아줌마를 상대로 비틀린 생각을 했는지 곰곰이 생각을 해 보니 난 절대 천사가 되고 싶지 않다는 마음 때문이었다. 맞다! 난 삐뚤어져야 한다. 그게 나를 일으키는 힘이니까. 고로 난 지오를 미워해야 한다. 기필코 그래야 한다. 이젠 내 차례니까! 그게 지금 내 지상 과제인데 왜 하필 저 아줌마는 자꾸만 나를 녹신녹신하게 만드는 건지 모르겠다. 난 분노와 오기와 투지 이런 것들로 무장해서 단단해져야 했다. 저 아줌마 때문에 선의와 배려를 앞세우며 '좋은 게 좋은 거지' 하는 말이나 구시렁거리면서 뒤로 물러날 수는 없었다.

문득 내 앞의 과제를 떠올리자 정신이 번쩍 들었다. 그래서 콘셉트를 바꾸기로 했다. 며칠간 '사정이 있어 본의 아니게 가출은 했으나 그래도 심성은 바른 학생'이었다면 이제는 과감하게 그걸 포기하기로 했다. 난 지금부터 '뒤틀려서 가출할 만한 아이 내지는 당돌하고 맹랑한 요즘 애들'이 되기로 했다. 하여 침을 한 번 꿀꺽 삼키고 다소 건들건들한 말투로 물었다.

"근데요, 아줌마 넘 착하신 거 아니에요? 저를 어떻게 믿고 집에 들이시고…… 솔직히 제가 어떤 앤지 모르시잖아요. 요새 세상이 얼마나 험한데……."

나름 깐죽대며 말했는데 아줌마는 놀라기는커녕 순식간에 나와 같은 모드로 변신한 사람처럼 말했다.

"모르긴? 다 거기서 거기지."

"거기서 거기라뇨?"

"뛰어 봤자 벼룩."

갑자기 자존심이 상했다.

"제가 벼룩이라고요?"

"이를테면……."

그러고는 깔깔대며 웃었다. '이 아줌마 뭐야?' 하고 고개를 갸웃할 즈음 아줌마는 말했다.

"내가 네 선배거든. 그러니까 잘 알지."

"선배라니요?"

"가출 선배. 나도 너만 할 때 그랬거든. 아주 혹독하게 지냈어. 가슴속에 이따만 한 불씨를 지니고 그걸 어쩌지 못해서 좌충우돌했지. 여기저기 들이박고 밀치고…… 굉장했지."

"비행 청소년이셨구나?"

"비행 청소년이 어디 따로 있니? 그냥 가슴속 불씨를 다루는 방법을 몰라서 그런 거지 뭐~ 우리 엄마 아빠가 사이가 안 좋았는데…… 엄마가 이상하게 아빠를 제일 닮은 나를 구박하는 거야. 꼭 계모처럼! 우리 엄마 좀 심했거든? 어릴 때야 찍소리 못하고 당하고만 살다가 내 머리가 커지니까 그게 불씨가 돼서, 내 안에서 어쩌지 못하고 막 들이박게 되더라고. 코뿔소처럼 여기저기 퍽퍽, 가출도 하고 쌈박질도 하고…… 굉장했지. 너도 불씨를 어쩌지 못해서 나온 거니?"

내 안에서 이글거리는 지오에 대한 분노. 그게 아줌마가 말하는 불씨일까? 그리고 엄마에 대한 원망도?

"근데요…… 그 불씨는 우리가 만든 게 아니니까 결국 우리 책임이 아니잖아요! 솔직히 아줌마 것도 아줌마 엄마가 준 상처잖아요!"

"뭐 굳이 출처를 따지자면 그렇겠지만…… 살면서 상처 안 받고 사는 사람이 어딨니? 누구 때문이든 내 안의 상처는 어차피 내 꺼잖아? 그러니 어떻게 처리하느냐도 내 몫이야. 똑같은 상처를 받고도 복수를 하는 사람과 용서를 하는 사람이 있잖아? 부처님 왈, 원한을 품는 건 다른 사람에게 던지려고 뜨거운 석탄을 내 손에 쥐고 있는 거나 마찬가지래. 화상을 입는 건 결국 자기 자신이란 소리지."

용서 운운하는 아줌마의 말을 듣고 있자니 갑자기 비위가 틀렸다. 가식적인 말로 들렸다. 물론 평상시 아줌마를 봤을 때 그런 사람이 아닌 건 분명하지만, 그러거나 말거나 내 입장에서는 듣고 싶지 않았다. 들을 귀도 없었다. 긴말하고 싶지 않아 억지소리를 했다.

"아~ 아줌마 부처님 친구시구나!"

난 부처님한테 아무런 감정이 없다. 그렇다고 내가 하느님 편이라 부처님한테 거리를 두는 입장도 아니지만 그냥 한 번 꼬아봤다. 교화되지 않으려 벌떡 일어나 엉덩이를 먼지 나게 털며 속으로 다짐했다.

'용서는 내 취향이 아니야! 난 기필코, 단연코, 맹세코 용서 따위는 안 할 거라고!'

용서를 향해 주먹질도 했다. 얘기 중에 줄행랑치듯 달아나는 나를 아줌마는 쿨하게 웃으며 보내면서 밝게 소리쳤다.

"어이, 벼룩! 잘 때 창문 꼭 닫아라!"

여전히 훈계나 지적질도 않고 내게 뭔가를 캐려 들지도 않는 아줌마. 약간 미안한 생각이 들어 내일 아침에 변명이라도 할까 싶었는데, 인생이란 늘 그렇듯이 의도대로 안 됐다. 인생은 우리의 의도보다 늘 한수 위다.

다음 날 새벽, 아직 날이 덜 깨서 어두운 시각에 자동차의 헤드라이트가 캄캄한 밤바다 위를 환하게 밝히는 듯싶더니 뒤이어 요란하게 개 짖는 소리와 함께 웬 중년 아줌마 아저씨 두 명이 들이닥쳤다. 서울에서 누군가 내 핸드폰 위치 추적을 했단다. 나에게는 달려올 엄마 아빠가 없는 관계로 할머니의 부산 배드민턴 동호회 회원의 자식들이 대신해서 와 줬다. 부탁 때문에 마지못해 온 거라 짜증이 난 듯했다. 날 보자마자 퉁명스럽게 끌어다 차에 태웠다. 펜션 아줌마한테 자초지종을 설명도 못 하고 서둘러 출발하는 바람에, 고개만 꾸벅하고 말았을 뿐, 나는 아줌마께 제대로 된 인사를 못 했다. 가면서 내내 마음에 걸리긴 했지만 아줌마는 용서가 취향에 맞는 분이니까 나를 이해해 주실 거라고 결론을 내렸다.

동호회 회원의 딸이라는 그 아줌마는 서울로 가는 내내 입 한 번 열지 않더니, 내리기 직전에 룸 미러로 뒷좌석에 앉은 나와 눈을 맞추고는 호통을 쳤다.

"가시나가 가출까지 해싸코…… 잘 하는 짓이다. 하모…… 니도 바닥을 쳤으니 인자 기를 쓰고 올라서는 법을 찾아야 안 카겠나! 내 딸 같아서 하는 소리니 잘 새겨들어라."

어찌나 땍땍거리며 이야기를 하던지 일종의 분풀이로 들렸다. 하긴 이른 새벽부터 긴 운전을 했으니 화가 날 법도 하지만.

그런데 바닥을 치고 올라서는 법이 과연 무엇일까? 바닥까지 왔으니 이젠 올라갈 일밖에 없단 이야기일까? 아니면 높이뛰기나 멀리뛰기를 하기 위해 도움닫기를 하듯, 도움닫기가 끝났다는 소리일까? 어쨌거나 끝은 새로운 시작일 수 있으니까.

나도…… 때로는 주목받고 싶다

"헐이다 헐! 그런 걸 두고 나무 흔드는 놈 따로 있고, 열매 주워 가는 놈 따로 있다고 하는 거야!"

가출했던 풀 스토리를 듣고 승미가 총평을 했다. 아닌 게 아니라 내가 집 밖으로 뛰쳐나가는 수고로움을 감수하는 동안, 지오는 가만히 앉아 열매를 퐁당퐁당 많이도 주워 먹었다. 첫 번째 열매는 아빠에게 학원비를 지원받기로 한 것이었다. 내가 가출을 한 뒤, 틀림없이 아빠한테 갔을 거라는 할머니의 확신과 재촉 때문에 지오는 마지못해 아빠에게 전화를 했단다. 그런데 어찌된 일인지 이번에도 아빠와의 연락이 쉽지 않았고 급기야 지오는 강원도 정선으로 향했다. 그리고 거기서 아빠를 만나 학원비를 약속받고 온 것이었다. 여우 같은 지오는 아마도 내 가출의 이유에 대해서는 아빠에게 함구했을 게다. 만약 자세히 말했다면 아빠가 '은오, 걘 별일 없을 거다'라며, 내 문제는 밀쳐 두고 지오의 학원비 얘기만 하지는 않았을 거였다. 지오, 그 나쁜 계집애는 그 점을 노린 걸 테고. 이 대목에서 승미는 또 혀를 차며 말했다.

"딱하다! 네가 실속 있는 애라면 그렇게 무작정 집을 뛰쳐나갈 게 아니라, 네 아빠한테 가서 학원비를 대 달라고 졸랐어야지. 머리는 안 쓰는 거니, 못 쓰는 거니? 아님 쓸 머리가 없는 거니?"

내가 실속이 없다는 건 나도 안다. 하지만 그게 머리를 안 쓰거나 못 써서 생긴 결과는 아니다. 나도 머리를 썼다. 다만 버섯 농사를 짓는 아빠에게 학원비를 달라고 조를 수가 없었을 뿐이다.

승미가 저렇게까지 내 문제에 마음을 실어 분개하는 데는 다른 이유가 있었다. 그건 지오가 얻게 된 엄청난 두 번째 수확물 때문이었다. 우리가 그렇게도 막으려 했던 일, 즉 지오와 선집의 만남이었다. 그냥 만나기만 한 게 아니라 둘 사이에 불꽃이 튀어 급기야 커플로까지 발전했다고 한다. 되는 놈은 어떻게 해도 된다더니, 우리가 그토록 원천 봉쇄를 야무지게 했건만 모든 게 수포로 돌아갔다. 그것도 어이없게 내 덕에 두 사람이 만났으니 기가 막힐 노릇이었다. 열심히 나무를 흔든 사람은 나였는데 선집이란 열매는 통째로 지오 앞에 떨어졌다. 헐!

지오는 아빠한테 가기 전에 짜장 멤버한테 연락을 했단다. 이 대목에서 승미에게도 책임이 있다. 지오의 전화를 받았어야 했다. 결국 아무도 연락이 되지 않자 지오는 내키지 않는 발걸음에도 불구하고 선집을 찾아갔단다. 가슴 아프게도 두 사람의 시작은 완전 드라마틱하다.

지오가 선집에게 자신이 찾아온 용건을 말하고는 평소처럼 나에 대해 호의적이지 않게 말하자, 선집은 지오에게 대뜸 화를 내더란다.

"야! 가라!"

"뭐?"

그러고는 흰자가 시원하게 드러나 보이게 째려보는 지오에게 선집은 한방 더 날렸단다.

"언능 가라고. 넌 하고 싶지도 않은 일을 뭐 하러 하고 댕기냐?"

"뭐라는 거야?"

"너, 네 언니 걱정돼서 찾아댕기는 애 맞냐?"

"뭔 상관이야?"

"그래. 그럼 나 상관 안 할 테니 가라!"

상상이 가는 대목이었다. 나를 찾아다니느라 아까운 시간 날리고 또 결국은 별 시답잖은 날라리까지 만나러 왔으니 지오의 짜증은 극에 달했을 것이다. 그런 지오에게 선집이 나쁜 남자처럼 터프하게 응대하면서 정곡을 팍 찌르니 지오는 순간 멍했을 것이다.

"우정 앞세우면서 널 싸고도는데 확 자극받더라? 솔직히……그게 부럽기도 했고. 암튼 그래서 내가 꼬리를 확 내렸지 뭐!"

지오는 상황이 반전되는 대목까지 조목조목 리얼하게 설명했다. 지오의 입을 통해서 듣게 되는 그 이야기는 정말 아팠다. 내 뼈 마디마디를 실로폰 막대로 톡톡 치면서 연주를 하는 것 같았다. 잔인한 계집애. 지오의 말 중에서 무엇보다도 제일 잔인하게 와닿은 어휘는 다름 아닌 '우정'이라는 말이다. 선집은 왜 하필 굳이 우정을 앞세웠을까? 아님 지오 저 계집애가 일부로 내게 '우정'이라고 콕 집어 말하면서 미리 선을 긋는 걸까? 그리고 선집의 터프한 응대는 정말 나에 대한 진심 어린 우정 때문이었을까? 아님 지오를 꼬시려는 치밀한 전략이었을까? 물론 뒷이야기를 더 들어 보니 선집의 진심이 자명했지만, 난 차라리 전략이길 바라는 마음이 더 컸다. 애초부터 우리가 우정인 게 난 너무 싫었으니까. 선집과 우정이라니 그건 정말 싫다!

꼬리를 내린 지오가 선선히 말을 트기 시작하면서 선집에게 물었단다. 뭐 그렇게까지 까칠하게 구냐고. 그러자 선집은 언젠가 내게 털어놓았던 자기의 아픈 개인사를 늘어놓으며 아마도 트라우마 때문일 거라고 말했단다. 상대의 아픔을 공유하게 되면 둘은 순식간에 가까워지기 마련이다. 지오 역시 선집의 말끝에 자기 몫의 아픔도 털어 보였으리라. 그렇게 두 사람은 커플이 되기 위한 첫걸음을 뗀 거였다. 단순 무식한 날라리일 거라고 선집을 오해했던 것과 달리 얘기를 해 보니 나름 실속 있는 매력파라는 걸 지오는 알게 되었고, 선집은 지오에 대해 이미 준비된 자세였으니 더 말할 나위도 없었을 테고. 결국 둘은 내 문제를 의논한다는 명분으로 오랜 시간 이야기를 나눴고 그러면서 서로에게 온기를 사정없이 쏘아 댄 것이었다. 안 그래도 선집에게 지오는 첫사랑이기에 기본 가산점이 있었는데, 거기에 지오까지 호감을 보이니 둘은 순식간에 찰떡 커플이 되었다. 그리고 그 찰떡들에게 황금 같은 기회는 또 주어졌다. 될 놈들은 된다더니. 아빠와 통화가 되지 않자 지오는 정선행을 결심했다고 선집에게 말했고 선집은 다른 일도 아니고 은오 찾는 일인데 자신도 돕겠다면서 새삼 나와의 끈끈한 친분을 들먹이며 동행을 자청했다. 강원도행 시외버스에 둘이 딱 붙어 앉아 거의 왕복 6시간가량 함께 했을 걸 생각하니 마음이 너무 아파 명치끝이 저릿저릿해졌다. 내 말을 듣던 승미도 허탈한 표정이었다.

"에휴! 결국 죽 쒀서 개를 준 셈이네!"

그 말을 듣자 영양 상태가 좋은 개가 나를 보며 씩 하고 비웃는 장면이 연상되었다. 죽 쑤느라 얼굴이 땀범벅이 된 나의 처참한 몰골이 떠오르기도 하고.

가출 사건이 있은 다음 할머니와 외숙모는 비로소 내 말에 귀를 기울이기 시작했다. 하지만 두 분 다 사고가 꽉 막혀 있기는 여전한 터라, 시종일관 봉창만 두드렸다. 결국 귀만 기울였다 뿐이지 가출 전과 결과는 똑같았다.

"반주만 있으면 어데서든 불러 제낄 수 있는 게 노래 아이가? 그제? 근데 뭐 할라꼬 비싼 돈 쳐들여 가며 대핵교까지 댕겨야 한다 말이고?"

"맞다! 그게 다 허세 아이가? 그리고 노래해서 밥 묵나? 인자는 그런 세상은 갔다. 엊그제 뉴스 보니 멀쩡히 유학 댕겨 와서도 일부러 고졸인 척하면서 취직자리 얻는다 카데! 생존이 우선인기라!"

그래서 두 분은 내가 정 원한다면 공부를 하라고 했다. 아무리 설명을 해도 이 세상에는 길이 하나밖에 없다고 믿는 두 분이라 완전 요지부동이었다. 실용음악과를 가려면 학원이라도 다니면서 전문적인 코치를 받아야 한다는 내 의견에 취직이 쉬운 전문대라도 가 보라는 두 분의 입장. 똑같은 이야기가 마치 돌림 노래처럼 끝도 없이 계속되자, 보다 못한 지오가 중재에 나서는 척했다.

"좋아! 그럼 너나 나나 각자 알아서 매진하기로 하고…… 무조건 붙는 사람한테 우선 투자하는 걸로 하자. 그게 공평하잖아."

공평은 젠장! 불을 보듯 뻔한 경주다. 토끼와 거북이 이야기와 다를 바 없었다. 애초에 게임이 안 되는 일이었다. 물론 그 이야기에는 변수가 있다는 걸 암시하고 있지만, 그건 일부 몰지각한 토끼의 이야기일 뿐이고, 우리 집 토끼는 욕심이 많아서 승부에 관한 한 눈이 빨갛다. 고로 우리 둘 사이에 변수는 없었다. 이건 일종의 조삼모사다.

"싫어! 이번엔 내 차례야."

내 말에 지오가 발끈했다.

"야! 너 또 그 얘기야? 그럼 난!"

"몰라. 내 알 바 아니야."

"너 그 실용음악과인지 뭔지, 경쟁률도 허벌나게 높다던데 붙을 자신 있어?"

"자신은 모르겠고 해 보고 싶어."

"뭐야! 밑 빠진 독에 알량하게 남은 걸 다 쏟아붓겠다는 소리야?"

"밑이 빠졌는지, 막혔는지 네가 뭘 알아?"

"안 봐도 뻔하자나."

그 말에 내가 흥분할 조짐을 보이자, 지오는 다소 부드럽게 말했다.

"그 학원이 한두 푼도 아니더만! 그것만 방법이 아니잖아. 네가 궁극적으로 하고 싶은 게 노래라면……."

"다른 집 애들도 다 학원 다녀. 기준이도 다니고……."

"그건 다른 집 애들 이야기고. 넌 아니, 우린 아주아주 많이 다른 집 애들이거든!"

'우리'란다. 언제 우리가 우리였던 적이 있던가? 일란성 쌍둥이여도 우리는 이제 외모조차 닮지 않았다. 근데 왜 갑자기 우리?

"우리? 웬 친한 척?"

"지금 그게 중요해? 우리 처지를 생각해 보라고."

처지라는 말에 갑자기 어디선가 찬바람이 불어오는 것처럼 한기가 들었다. 지오 역시 풀이 팍 죽어 말했다.

"그럼…… 넌 어쨌으면 좋겠는데?"

"몰라! 암튼 내 차례야!"

솔직히 나도 어쩌자는 건지는 잘 모르겠다. 그냥 그게 무엇이든 간에 '지오 아니고 은오'이기만 하면 된다는 생각이 드는 게 솔직한 심정이었다. 나도 주인공이고 싶다는 말이다. 어릴 적에 내가 숨음용으로 뽑혀 시골에 처박힌 채 살아남기 위해 숨 고르기를 하고 있는 동안 지오는 얼음판 위에서 주목받는 도도한 딸로 살았던 그 시절을 감안해서라도 이제는 나를 주인공으로 뽑아 달라고! 그 선택을 누가 하든, 그게 할머니든 외숙모든 아니면 운명이든 간에 이제 더 이상 내가 밀리기는 싫다는 뜻이다. 답답한 마음에 선집에게 전화라도 하고 싶지만 이제는 그것조차 할 수가 없다. 선집의 마음을 홀라당 가져간 애도 '은오 아니고 지오'다. 그래서 난 더더욱 내 차례를 고수하는 거다. 어쩌면 난 내가 뭘 갖고 싶은지 모르는 걸 수도 있다. 어쩌면 펜션 아줌마 말대로 난 지금 내 안의 뜨거운 불씨를 어쩌지 못해서 좌충우돌하고 있는 건지도. 바닥을 치고 일어서는 법은 그 불씨를 끌 줄 아는 성숙함일까? 아무튼 지금은 좌충우돌할 때인 것 같다.

*

짜장의 공연은 허무하게 끝났다. 내 노래를 듣고 기함을 토하는 사람도 없었고, 사인을 해 달라거나 기획사라며 명함을 주는 사람도 없었다. 구경을 온 관중들은 열성적으로 손뼉도 치고 더러 휘파람도 불었지만, 그야말로 의례적인 거였다. 노래 들었으니 까짓것 쳐 준다는 식의 의무랄까? 물론 이해는 한다. 어차피 내 팬으로 온 준비된 관객들은 아니었으니까. 그래도 김은 샜다. 공연에서 뭔가를 기대한 건 아니지만 그래도 세상이 아주 조금은 달라질 줄 알았는데 그런 일은 없었다. 그런데다 공연 뒤풀이 모임도 가지 못했다. 기준이 중학교 동창생 중 하나가 싸움박질하면서 사고를 쳤다고 우르르 그리로 몰려가는 바람에 미원이와 나만 남아 뻘쭘하게 마주 보며 햄버거만 먹고 집으로 가야 했다. 공연이 끝나고 이젠 연습조차 없으니 허전하고 허무해서 미칠 것만 같았다. 그런 증세는 나만의 것은 아니었는지 승미는 애들을 소집해 이 기세를 몰아 오디션 프로그램에 나가자며 불을 붙였다. 하지만 그 불은 곧 꺼졌다. 선집이 물을 뿌렸다. 느닷없이 탈퇴 선언을 한 것이다.

탈퇴를 하면 이제 공식적으로라도 선집을 볼 기회가 없다는 뜻이었다. 마음속으로 눈물이 소리 없이 흘렀다. 선집은 섭섭해하는 우리에게 잠정 탈퇴라고 둘러댔지만 그건 편하게 내빼기 위한 포석이었다. 당분간 공부에 전념하기 위해 선집이 그토록 아끼는 기타를 사촌 형 집에 맡겨 놓았다는 걸 보면 영구 탈퇴를 의미했다. 그리고 그 결정을 하는 데 지대한 공헌을 한 사람이 지오라는 걸 내가 모를 리 없다. 난 또 한 번 피눈물을 흘리고 싶어졌다. 나를 향한 지오의 의도적인 주먹질일지도 모른다는 생각도 들어 약이 올랐다. 하지만 내 마음을 알 리 없는 선집이 큰 소리로 외쳤다.

"가자! 크게 한턱 쏠게."

한턱을 쏘다니? 탈퇴자가 내뱉어서는 안 되는 표현이라는 걸 선집은 까맣게 모르는 듯했다. 삼겹살집에 가서도 선집은 여전히 눈치 없이 싱글벙글이었다.

"쟤는 대체 뭐가 저렇게 즐거운 걸까?"

"설마 앞으로 공부를 열심히 할 생각에 좋아서 저러는 거 아닐까?"

승미의 질문에 나 역시 자조적인 대답을 했지만 나도 승미도 모르는 바는 아니었다. 선집의 얼굴에는 '목하 열애 중'이라는 글씨가 대문짝만하게 씌어 있었다. 까만 눈동자의 가운데가 약간 내려가 하트 모양을 만들고 있었다. 그래서인지 평소와는 다르게 무척 어리바리해 보였다. 그러거나 말거나 목에 핏대를 세우며 떠드는 선집을 옆자리에 둔 채 승미와 나는 불판에 달궈져 따뜻해진 사이다를 슬픔처럼 나눠 마셨다. 건배도 하면서 차마 서로를 위로한다는 말은 내뱉지 못한 채, 서로 주거니 받거니 했다.

"부탁해잉!"

우리 집을 지척에 두고 선집이 콧소리를 내기 시작했다. 그것도 나를 상대로. 무슨 뜻인지 대번에 알아챘지만 시치미 딱 떼고 정색을 했다.

"뭐! 뭐! 어쩌라구!"

"어우, 야!"

어이가 없었다. 분명 밤이 늦었으니 나를 데려다주겠다고 온 놈이었다. 좀 돌아가더라도 같이 가겠다는 승미와 미원이를 굳이 말리기에 내게 뭔가 할 이야기가 있는 거라고 내심 생각했었다. 그도 그럴 것이 가출 사건 이후로 단둘은 처음이니까. 선집도 내게 뭔가 정리할 게 있으리라고 생각했다. 아님 적어도 위로 정도는 해 주리라. 그것도 아니면 '다시는 가출하지 마라' 하는 정도의 지엄한 훈계라도. 아니, 그것도 아니라면 한때 자기의 고민을 털어놓았던 상대가 나였음을 기억하고 내게 현재 자신의 심경 정도를 말하려는 걸지도. 물론 지오 이야기가 나올 테니 듣고 있자면 통증을 동반하겠지만 절대 티 내지 않고 의연하게 들어주리라 속으로 다부지게 결심도 했다. 탈퇴가 주는 의미가 아파서 내 맘속은 너덜너덜해진 채였지만 그럼에도 불구하고 난 애써 정신을 차리고 선집과 나란히 집 앞까지 왔다. 중간에 '앞으로는 보기 힘들겠다' 이런 멘트를 날리면서 악수라도 건네며 약간 센티한 분위기를 잡아 볼까 생각도 했지만, 선집이 나의 그런 센티함을 무자비하게 깨는 반응을 할까 봐 그게 두려워서 참았다. 그랬는데…….

"어우야 뭐! 어쩌라구? 말을 해."

"지집애, 다 암시롱!"

선집은 우리 집 쪽을 보며 눈을 찡끗거린다. 정말 욕 나오는 대목이었다. 지금 선집은 나한테 지오를 불러내 달라고 저렇게 콧소리를 내고 있는 중이었다. 내 덕에 사귀게 된 두 사람은 학업에 열중하기 위해 일주일에 딱 한 번만 만나기로 원칙을 세웠단다. 이제 막 시작한 커플이 그런 원칙을 세우는 게 과연 진정한 연애일지 나로서는 절대 이해가 안 가지만, 암튼 재들은 그러기로 했단다. 단, 우연히 길에서 마주친다거나 부득이하게 보게 될 때 그럴 때는 예외로 하기로 했다며. 선집은 나한테 그 우연을 만들어 달라고 생떼를 쓰고 있었다. 잔인한 놈!

사랑을 한다는 건 저렇게 알 수 없는 열에 들뜨게 되는 건가 보다. 그리하여 사리 분별 불가에 염치 불가, 때로는 인간의 도리

마저도 내팽개치는 그런 몰지각한 것이 사랑인가 보다. 아마 그래서 어른들이 미성년자 연애 불가를 외치는 건지도 모르겠다. 열에 들뜬 선집의 모습을 보는 일은 너무나 잔인했다. 어찌 보면 인생은 이렇게 잔인한 건지 모르겠다. 그 잔인함을 이겨 내려면 냉소가 필요하다. 냉동칸에 넣어 얼린 것 같은 차가운 마음으로 그 아픔을 한번 이겨 보리라 하는 오기가 생겼다. 난 인터폰으로 지오를 불러냈다.

"내려와 봐."

냉전 중인데도 불구하고 내가 부르니 지오는 기꺼이 나왔다. 내가 무슨 담판이라도 짓겠다는 걸로 알았는지 지오는 특유의 살벌한 표정이었다가 내 등 뒤에 서 있는 선집을 보더니 갑자기 환하게 웃었다. 처음 보는 표정이었다. 지오의 얼굴에 저렇게 환한 미소가 숨어 있었다니…… 늘 신경질적인 아이였는데. 지오의 낯선 모습에 약간 당황스러웠다. 도망치고 싶을 만큼.

"난 여기서 끝!"

퇴장하려는 나를 붙잡고 선집은 굳이 굳이 같이 빙수라도 먹자고 나를 끌었다. 지오를 보는 순간 나는 이제 들어가도 좋다고 할 줄 알았는데 의외였다. 셋이서 한자리에 있는 게 얼마나 잔인한 일이 될지 잘 알기에 들어가겠다고 우겼지만 놈도 만만치 않게 집요했다. 할 수 없이 근처 빵집으로 따라갔다. 내 앞에 앉은 두 아이의 콧소리 때문에 닭살이 돋은 가운데 난 머리를 처박고 묵묵히 빙수만 먹었다. 마치 빙수를 해치우기 위해 고용된 사람처럼. 얼음 알갱이가 내 뱃속으로 들어와 애잔한 나의 마음을 찬 기운으로 위로했다. 얼음은 사라지고 그릇에 단팥 물만 너저분하게 고여 있을 즈음 갑자기 선집이 목소리를 깔고 말했다.

"은오야, 지오랑 잘 지내라. 니들이 명색이 쌍둥인데…… 그것도 일란성이라며! 한 개의 난자가 반으로 쪼개져 나뉜 건데……."

'뭐래?' 속이 확 뒤틀렸다.

"무슨 소리야? 이렇게 안 닮은 일란성 쌍둥이 본 적 있어?"

난 지오가 완전 '성형발'이라는 걸 상기시키고 싶어 일부러 비아냥거렸다. 하지만 내가 강조하고 싶은 바가 뭔지 전혀 모르는 사람처럼 놈은 딴소리를 했다.

"외모가 뭐가 중요하냐!"

"됐고! 니들은 친목 도모나 계속해라. 난 들어갈게."

빨딱 일어서는 내 팔을 선집이 터프하게 잡았다. 걔는 그냥 잡은 건데 내 팔에는 어이없게도 전기가 흘렀다. 주제 파악도 못하는 서글픈 전기. 멍청한 전기.

"솔직히 은오 넌 내 어릴 적 친구고. 근데…… 난 니 둘이 이러는 게 가슴이 아프다."

난 속으로 말했다.

'난 네버 네버 너랑 친구이고 싶지 않은데…… 너희 둘이 애인이랍시고 이러고 있는 게 정말 가슴이 찢어지듯이 아픈데…… 넌

그걸 알기나 하니?'

그리고 겉으로는 이렇게 말했다.

"니가 우리에 대해 뭘 안다고 아프고 말고야? 너 오지랖 대박이다! 기타까지 치웠다며, 여기서 부질없는 오지랖 부리지 말고 가서 공부나 하셔!"

내 말에 지오가 역성을 들었다.

"좋자고 하는 말인데 넌 그렇게밖에 말 못 하니?"

"그러게. 입에서 이렇게 말이 나오네!"

그리고 테이블을 밀치고 일어나는데 눈치 없이 물컵이 자빠졌다. 그것도 하필 지오 바지 위로. 물컵마저 내 편이 아니었다. 온통 사방이 적이었다. 뒤돌아 나오며 얼핏 보니 선집은 카운터로 뛰어가 휴지를 가져와 지오 바지를 닦아 주느라 정신이 없었다. 지오는 주목받는 여자답게 우아하게 서서 물방울을 손가락으로 톡톡 튕겼다. 참 나!

차마 집으로 들어갈 수가 없어서 오피스텔 비상구 층계참 구석에 걸터앉아 눈시울을 적셨다. 다시 생각해 보니 선집은 의도한 바가 있어서 날 따라온 것 같았다. 그리고 그 의도는 포악한 쌍둥이 자매인 나로부터 지오를 구해 주고 싶은 절절한 마음에서일 것이다. 어떻게 잔인해도 이렇게까지 잔인할 수가 있는 걸까? 이건 냉소 따위로 이겨 낼 수 없는 잔인함이었다. 가슴이 예리한 칼로 저미는 것처럼 아팠다. 남은 저녁 시간을 어떻게 견뎌

낼 수 있을지 무서워졌다. 누군가 나를 한 대 쳐서 기절이라도 시켜 주면 좋을 텐데……. 이런 생각을 하고 있는데, 마침 경비가 와서 호통쳤다.

"여기서 이러고 있으면 안 됩니다."

"그럼 어디서 어떻게 하고 있어야 하나요?"

정말 절실해서 진심으로 물었는데 야박한 답이 돌아왔다.

"야! 까불지 말고 집에 들어가!"

할 수 없이 집으로 들어갔다. 절대 할머니와 마주치고 싶지 않았는데 절대 마주치지 않을 수 없는 집 구조라 할머니와 현관에서 정면으로 만났다. 할머니마저 나를 보자마자 대번에 소리를 질렀다.

"지오는? 가시나야, 낼 학원 셤이라꼬 얌전히 앉아 공부하는 아는 와 불러내가꼬. 니 또 쌈 걸었나? 쌈닭맨치로 와 만날 아를 쪼아 대나 말이다!"

할머니는 벌겋게 부어오른 내 눈 따위는 안 보이는 듯했다. 지오보다는 나랑 같이 산 시간이 훨씬 긴데도 할머니는 왜 매번 지오를 감싸는 걸까? 이 세상에는 공부 못하는 애들은 사람도 아닌가? 공부 못하는 애들은 저절로 사라져 버리는 블랙홀이라도 하나 있어야 하는 게 아닐까?

나도…… 때로는 주목받고 싶다!

• • •

내 마음의 닻

빵집에서의 해프닝 이후 차라리 지오는 내 눈치를 보는 편인데, 반면 선집은 여전히 천진난만한 아이처럼 속없이 나를 긁어댔다.

"야! 엉킨 거 풀고 잘 지내라고!"

청소 시작부터 시종일관 따라다니며 같은 말을 해 댄다. 난 못 들은 척하려고 일부러 씩씩하게 대걸레질을 했다. 그러자 선집은 대걸레 자루를 낚아채며 말했다.

"남도 아닌데 웬만하면 대충하지!"

그동안 짜장 연습실로 쓰던 곳의 대청소를 위해 모처럼 모였는데 선집은 청소 대신 나를 잡았다. 거의 쥐 잡는 수준이었다.

"넌 남이니까 대충 이쯤에서 우리 문제에서 빠지지 그래?"

"그렇게 남이라고 꼭 꼬집어 말할 수는 없지. 또 아냐? 네 형부가 될지? 아! 매부던가?"

"헐!"

선집이 나와 지오를 중재한답시고 긁어 댈수록 지오에게로 향하는 악감정의 수치는 높아졌다. 그 사실을 알 리 없는 선집은 기필코 나를 꺾겠다는 오기로 나를 졸졸 따라다니며 줄기차게 긁었다. 보다 못한 승미가 내 편을 들었다.

"야! 지오 걔가 얼마나 짱나게 하는 타입인데, 왜 은오한테 뭐라는 거야? 가서 걔한테나 잘하라고 해!"

얼핏 보기에는 내 편을 드는 것 같지만 사실은 본인의 화풀이였다. 승미 속도 편치 않을 테니까. 그리고 정해진 수순처럼 미원과 희주가 옆에서 거들었다. 백 코러스니까.

"지오, 걔 장난 아니거든?"

"맞아! 거의 지존이지."

선집은 네 명의 반격에도 의연했다. 그러고는 큰 눈을 작위적으로 실눈을 만들고는 음흉하게 웃었다.

"흐흐 고마해라! 다이아몬드는 웬만해서 기스가 안 나거덩!"

"우웩! 너 병이 심하다. 중증이네."

"글고 오해들 하시는데…… 난 지오 편을 들자는 게 아니고 오로지 은오를 위해서 이러는 거라고!"

"뺑치시네!"

"뺑 아니거든?"

"그럼, 반어법이겠지!"

땡! 미원은 틀렸다. 반어가 아니라 역설이다. 이치에 맞지 않는 모순이지만 진리를 이야기한다는 그 역설. 나를 위하는 게 곧 지오를 위하는 거라는 걸 선집은 말하는 것뿐이다. 내가 편해져야 지오를 괴롭히지 않을 테니까. 아니, 엄밀히 따져 말하자면 내가 대학 가는 걸 양보해야 공부 잘하는 지오가 전도양양하게 미래를 계획할 테니까. 모두가 아니라는 데도 타격감 1도 안 느끼며 선집은 여전히 의기양양하게 말을 이었다.

"난 말야. 지오랑 은오가 물에 빠지면 은오를 구할 거야!"

이건 또 뭔 소리지? 선집의 말에 모두 집중했다. 나 역시 본의 아니게 긴장을 했는데…….

"은오는 내가 구해야 하거든! 나밖에 구할 사람이 읍써!"

인간은 정말 겁나게 어리석다. 사실이 아닌 줄 뻔히 알면서도 선집의 말에 잠시 가슴이 뛰었다. 이래서 사기 사건에 사람들이 번번이 걸리는 걸까. '1억을 투자하면 10억으로 불려 드립니다.' 이런 황당한 말에 덜컥 넘어가는 사람처럼, 아니라는 걸 알면서도 주책없이 가슴이 뛰고 이러다가 얼굴까지 붉어질까 봐 걱정이 됐다. 그러자 승미가 대신 나서서 되물었다. 차마 내가 할 수는 없는 일이므로.

"뭔 소리?"

"지오야 이쁘니까 이놈 저놈 다 뛰어들 테니까! 내가 굳이 들어갈 필요가 없지!"

"……."

"웩! 헉! 헐!"

나를 뺀 세 아이들은 외마디 반응을 했다. 나? 나는 그냥 사라지고 싶은 생각뿐이었다. 조금 전 내 안에서 뛰었던 그놈의 가슴 때문에 쪽팔려 미칠 지경이었다. 물론 나 혼자만 아는 사실인데도 견딜 수 없이 치욕스러웠다. 난 멍한 상태로 헛소리만 속으로 되뇌었다.

'이럴 때 소리 없이, 흔적 없이, 홀연히 사라질 수 있는 방법은 왜 학교에서 안 가르쳐 주는 거야? 쓸데없는 건 무지하게 많이 가르쳐 주면서 왜 정작 현실에 도움이 되는 건 하나도 안 가르쳐 주는 건지…….

애꿎은 학교를 원망하다 그다음에는 무슨 생각을 해야 할지 몰라 내 뇌는 공회전만 하고 있었다. 충격이 너무 커서 그랬으려나? 그리고 잠시 뒤, 난 내 의지와 상관없는 말을 떠들어 대고 있는 걸 발견할 수 있었다. 사람은 때로 자기 의지와 무관한 일을 한다. 난 해서는 안 될 말을 했다.

"니가 뭘 알아! 니가 고아처럼 혼자 떨어져서 자란 나를 알아? 뭐! 우리가 쌍둥이라고? 그거 무늬만이야. 지오 걘 어렸을 때부터 안 누린 거 없이 갖은 호사 다 누리고, 나는 거지처럼 엄마도 없이 자랐다고! 너…… 걔가 이쁘댔지? 그거 돈으로 만든 얼굴이거든? 걔 땜에 난 되는 게 하나도 없어! 근데 왜 내가 걔한테 잘해야 해? 왜 내가 맨날 양보를 해야 하냐고! 봐, 결국 너도 뺏어갔잖아!"

머릿속에나 조신하게 있어야 어울릴 법한 말이 대명천지로 나와 버렸다. 헉! 하고 놀랐을 때는 이미 늦었다. 아! 마지막 말만 안 했어도……. 내 말의 무게가 너무 무거웠는지 선집은 당황한 채로 분위기를 바꾸려 애썼다.

"야! 개그를 왜 다큐로 받냐? 걍 웃자고 한 얘기인데 발끈하기는! "

나도 분위기를 급반전시키고 싶었지만 그 정도의 유연성은 없어서 그냥 어정쩡하게 눈만 껌뻑이다 말았다. 나머지 애들도 다 마찬가지였다. 누구 하나 더 입을 떼지 못한 채 결국 그런 분위기로 우리는 허겁지겁 해산을 했다.

정류장 쪽으로 가는데 선집은 내 옆에서 속도를 맞춰 걷다 말고 앞을 보며 진지하게 말했다. 마치 독백이라도 하듯이.

"근데…… 서은오. 너 피해의식 쩐다! 까놓고 말해서 니들이 떨어져 산 게 지오 잘못은 아니잖아. 어쩔 수 없었던 상황이잖아. 그렇게 따지면 너희 둘 다 피해자라구! 그리고 나, 너보고 양보하라고 한 적 없다. 그냥 사이좋게 지내란 거지!"

'뭐? 우리 둘 다 피해자라고? 왜?'

되묻고 싶었지만 입이 떨어지지 않았다. 일단은 너무 창피해서 자리를 떠 버렸다. 바람에 잎을 다 털린 황폐한 나뭇가지처럼 허탈한 심정으로 마을버스를 타는데 선집한테 문자가 왔다.

–잘 생각해 봐. 너의 적은 지오가 아니야. 너의 피해의식이지.

질기디질긴 놈! 문자의 내용은 하나도 눈에 안 들어왔다. 단지 선집에게 화가 날 뿐이었다.

–닥쳐! 잘 생각해 보니 내 적은 바로 너네.

홧김에 쓴 답이지, 절대 생각하고 쓴 답은 아닌데 쓰고 나서 생각해 보니 맞는 것 같았다. 맞다! 지금의 내 적은 선집이다. 놈은 내 연적을 감싸는 자다. 그리고 더 처참한 건 바로 그놈을 내가 사랑하고 있다는 거다. 세상에 이보다 더한 비극이 있을까? 방금 전 나의 애절한 절규를 듣고도 여전히 내 적은 지오가 아니라는 말을 하고 있다니…… 이게 적이 아니고 뭐란 말인가? 연적인 지오의 죄를 더 부풀리는 푼수 같은 놈. 가슴 절절하게 원하는 사랑을 빼앗긴 자의 심정이 과연 어떨지 눈치조차 못 채는 모자란 놈. 살을 발라낸 뼈다귀처럼 황폐함 그 자체인 내게 잘 생각해 보라며 무리한 요구까지 하는 찌질한 놈. 그리고 나를 사랑하지 않는 놈! 차라리 승미를 좋아하지 왜 하필 지오를 좋아해서 내 염장을 제대로 지르는 건지…… 야비한 놈. 그런데 난 왜 그런 놈을 좋아하는 거지? 찌질하기는 놈이나 나나 막상막하다.

나와 더 풀 게 있다고 생각한 걸까? 저녁나절에 선집은 나를 불러냈다.

—적과의 결투를 신청한다. 3번 출구 옆 탄천.

선집의 톡을 보자마자 난 이 결투를 받아들여야겠다고 생각했다. 놈이 적인 것은 분명하니까. 나가서 싸우고 이겨서 이참에 내 마음에서 놈을 도려내리라. 이 조잡한 삼각관계도 끝을 내야지. 더 이상 같이 진창에서 굴러 봐야 내게는 좋을 게 없으니까. 지오와 선집, 둘의 사랑의 역사는 더 농밀해지겠지만 난 옆에서 괜히 부질없는 헛구르기만 하는 격이다. 두 사람이 분명하게 마주 보고 있는데 그 뒤에 서서 뒤돌아보기를 기다리는 건 정말 어리석은 일이다. 이런 결심으로 결투를 받아들였다. 눈에 보이게 종지부를 찍는 일은 의미가 있으니까. 그렇게 되면 지오와의 관계도 조금은 더 선명해질 것 같았다. 그리고 더불어 내 자신의 나아갈 바도 분명해질 테고.

그런 마음으로 나갈 준비를 했다. 그런데 난 탄천으로 나가기 전에 거울을 열댓 번은 본 것 같다. 대체 거울을 왜 보는 건지 모르겠지만, 암튼 거울을 보면서 '지조 없는 계집애' 소리를 내 자신에게 수없이 해 대면서도 머리를 만지고 립밤도 발랐다. 이런 내가 싫지만, 그러면서도 한편으로는 앞뒤가 딱딱 맞는 사람이 이 세상에 얼마나 있겠냐며 나를 위로하면서 나갔다.

탄천을 따라 점점이 서 있는 가로등이 오늘따라 아스라이 번

진 추억처럼 서 있었다. 내 가슴을 싸하게 긁는 추억이라고 생각하고 비장한 마음으로 앉아 있는데 저 멀리서 선집이 오는 게 보였다. 나의 비장함과는 전혀 어울리지 않는 등장이었다. 마지막까지도 분위기조차 맞추지 못하다니…….

선집은 퀵보드를 타고 나타났다. 손잡이에 오색 줄까지 달린 거의 아동용에 가까운 퀵보드였다. 새엄마가 낳은 늦둥이 동생 거라고 했다. 그래도 말은 거창하게 이어 갔다.

“적토마가 없어서 아쉬운 대로 이거라도 타고 나왔지.”

“청룡언월도는 안 가지고 댕기냐?”

“적이 찌질한데 무거운 그게 뭐 필요하것냐? 대신…….”

그러고는 주머니에서 뭔가를 꺼내 내게 총처럼 겨눴다. 가지가지 한다는 표정으로 천천히 편 선집의 손을 들여다보니 오르골이었다. 감은 태엽이 풀리면서 기타를 치는 가냘픈 소녀에게서 음악이 흘렀다. 이루마의 〈River flows in you〉라는 곡이란다. 네 안에 강이 흐른다니, 제목부터 시적이었는데 음악은 더더욱 시 그 자체였다.

그 음악은 언젠가 담벼락 아래서 선집이 내게 오르골 상자를 꺼내 보여 주던 그 시절로 나를 아니 우리를 데려갔다. 강을 따라서 흐르듯이. 묘한 경험이었다. 선집은 음악을 배경 삼아 내게 이야기를 했다. 물에 빠지면 나를 구한다는 말은 농담을 빗대서 했을 뿐, 사실 진심이었단다.

"헐! 진짜 날 구한다고?"

"우리 초점에서 빗나가지 맙시다."

선집은 어릴 적에 '지오 세이'라는 말로 내가 자신에게 큰 위로가 되어 주었던 그 보답으로라도 날 도와주고 싶었단다.

"어릴 적 '지오 세이'의 지오는 지금의 그 지오가 아니라, 서은오! 바로 너니까."

'서은오, 바로 너'라는 선집의 말이 왜 그렇게 내게 큰 위로가 되는지……. 선집이 과거의 나만이라도 온전하게 인정해 주는 것 같아 본전치기는 한 기분이 들었다. 과거 속의 선집만이라도 내 차지로 하고 싶은 마음에서일까? 선집의 그 말은 가슴 어딘가에 걸려 있던 빗장을 열어 준 것처럼 답답했던 내 마음을 편하게 해 주었다.

"은오야. 난 네가 힘든 과거에 매여 있지 않길 바라. 손에 힘을 빼고 어릴 적에 우리가 즐겨 하던 '숨 고르기'로 마음을 다잡아 봐. 진심 네가 편해졌으면 좋겠어."

자분자분 낮은 목소리로 읊조리는 선집의 말에는 아닌 게 아니라 진심이 흥건하게 묻어났다. 호두과자 속에 호두가 들어 있듯이, 그 진심 속에 들어 있는 건 우정인 게 너무나 뻔했지만 이제는 아프지 않았다. 비로소 아프지 않은 우정을 내 손에 받을 수 있었다. 그래서 나도 낮은 목소리로 답했다.

"고마워! 애써 볼게."

내 말에 고개를 끄덕이던 선집은 내 손을 펴서 오르골을 쥐어 줬다.

"선물이야."

왈칵 눈물이 났다. 마치 앞에 '마지막'이라는 수식어가 붙은 느낌이 들었다. 난 눈물을 참기 위해 할 수 없이 농으로 버무렸다.

"그래. 이거 받고 떨어져라! 이거지?"

이로써 적과의 결투는 시시하게 막을 내렸다. 하지만 이제 더 이상 선집은 나의 적이 아닌 게 되었으니 이보다 더 완벽한 승리는 없다고 본다.

퀵보드를 타고 다리 건너로 달려가는 선집의 뒷모습을 보면서 난 미소를 지었다. 입속에는 이별의 맛이 알싸하게 느껴졌지만 미소를 지으며 이건 성장 효소라는 긍정적인 결론을 내렸다. 나도 살아야 하니까.

'크려면 아파야 한다잖아! 흔들리지 않고 피는 꽃이 어디 있냐고, 어떤 시인이 따져 묻던 걸 들은 적이 있었거덩! 그거 맞거등!'

다리 건너로 언뜻 바람이 불어왔다. 갑자기 가슴 저 안쪽으로부터 뭉근한 온기가 서서히 온몸으로 퍼지면서 기분이 나아졌다. 난 바람을 맞으며 선집의 말대로 손에 힘을 빼고 숨 고르기를 해 봤다. 어릴 적 기억을 떠올리며…….

'들숨은 내 안으로 들어와 이것저것 엉키고 맺힌 것을 휘휘 저어서는 외로움이라든가 슬픔 그런 것을 낱낱이 가는 실처럼 풀어내는 거야. 그때 우리가 '휴' 하고 날숨을 쉬면 걔들은 밖으로 나가 바람이 되는 거야.'

엉키고 맺힌 게 일시에 날아가지는 않겠지만 헐거워지는 기분은 들었다. 마음이 헐거워지니 당분간은 아무것도 손에 쥐지 말고 더 이상 과거를 복기하지도 말고 맑은 하늘에 뜬구름을 바라보듯이 지내야지 싶었다. 오르골이 노래를 했다. 끊길 듯이 가냘프지만 분명하게 말했다. 내 안에 평화의 강이 흐른다고.

*

늦은 밤에 전화가 왔다. 아빠였다. 새엄마의 출산 때문에 서울에 있는 병원에 와 있는데 급한 일이 생겨 자리를 비워야 한다며 누구든 얼른 병원에 와 달라고 하셨다. 이런 일에 '누구든'은 당연히 나다. 병원에서 밤을 새야 하니 공부 때문에 촌음을 아끼는 지오보다야 내가 적격일 것이다. 옷을 주섬주섬 챙겨 입고 나와 전철역을 향해 허겁지겁 달리는데 등 뒤로 누군가의 발자국 소리가 들렸다. 한갓진 밤길이라 무서워져 힐끗 돌아보니 지오였다. 의외였다.

"같이 가! 동생 보러 가는데 너만 가냐?"

"숙제한다고 쌩 난리더니?"

"숙제가 대수냐? 내 동생이 나온다는데?"

갑자기 '내 동생'이란 말을 하는 지오가 낯선 가운데 정겹게 느껴졌다. '이건 뭥미? 그러고 보니 지오 얘도…… 내 동생이지?' 당연한 사실이 처음 알게 된 사실처럼 와닿았다.

"야! 넌 언니는 없냐?"

"뭔 소리?"

"너…… 나한테 언니라고 불러 본 적 있냐?"

"없냐? 없나? 없구나…… 왜 없지?"

그러게. 서은오! 이렇게 성까지 붙여 불렀지, 별로 정겹게 불러 주지 않았던 것 같았다. 그러고 보면 나도 '내 동생 지오'라며 살갑고 애틋한 마음을 가져 본 적이 얼마나 있었던가 싶었다. 어쩌다 쌍둥이인 우리가 그렇게 떨어져 살아야 했을까? 갑자기 지오와 나, 우리 둘 다 피해자라던 선집의 말이 새삼 떠올랐다.

지오와 난 긴 밤을 병원 복도 의자에 나란히 앉아서 동생을 기다렸다. 간호사 왈, 난산이라며 시간이 걸린단다. 비교적 한가한 병원이어서 그런 건지 아님 고딩 여학생들이 나란히 앉아 동생을 기다리는 모습이 인상적이어서인지 아무튼 간호사는 우리에게 귀찮을 정도로 말을 많이 시켰다. 몇 학년이냐, 어디 사냐, 요즘 공부하기 힘들다던데 어쩌냐 하는 등. 그러다 돌연 이상한 소리를 했다.

"그나저나 이제 일 대 오네?"

"네?"

"너네 가족, 여자 다섯에 남자 하나. 요샌 딸이 대세라…… 너희 아빤 좋으시겠다."

"다섯이요?"

헉! 다섯이라면…… 이제 곧 만날 동생이 쌍둥이 여동생들이란 소리다. 몰랐던 사실이다. 지오와 난 놀라 잠시 눈을 맞췄지만, 간호사에게는 내색을 하지 않았다. 몰랐다고 하면 복잡한 가정사까지 다 들춰질 게 뻔하니까. 그러더니만 간호사는 그때부터 쌍둥이에 관한 이야기를 늘어놓기 시작했다. 기를 때는 힘들어도 쌍둥이가 얼마나 좋은 줄 아냐며, 걔들은 선천적으로 우애가 깊어서 서로 의지하고 살 수 있으니 좋다며 그렇게 살고 있지 않은 쌍둥이인 우리를 상대로 이야기를 끝도 없이 늘어놓았다. 듣고 있기가 민망해서 '이제 그만!'이라고 소리치고 싶을 지경이었다.

수다쟁이 간호사가 호출을 받고 사라지고 난 뒤, 난 의자에 앉아 졸고 있는 지오를 보며 '선천적으로 깊은 우애'에 대해 생각했다. 선천적이라는 건 태어날 때부터 이미 갖추고 있다는 말이니, 우리 안 어딘가에 분명 있을 거다. 그렇다면 실종된 우애를 찾을 수도 있지 않을까? 그리고 실종된 그것은 저절로 돌아오지는 않을 테니 노력을 해서 찾아야 할 거라는 생각도 했다.

분만실에서 세상 밖으로 나오기 위해 애쓰고 있을 아가 쌍둥이를 생각해서라도 그리고 쌍둥이 선배로서 귀감이 되기 위해서라도 노력이란 걸 해야겠다고 결심을 했다. 새 생명이 태어나는 거룩한 순간이니까. 그런 의미에서 내 겉옷을 지오에게 덮어 주었다. 졸면서도 내 마음을 읽은 건지 지오가 머리를 기대 왔다. 어쩌면 얘도 간호사의 말을 속으로 곱씹는 중일지도 모르겠다.

지오의 머리 무게를 내 어깨로 느끼면서 이번에는 우애의 실종 원인에 대해서 생각해 봤다. 혹시 선집의 말대로 내 피해의식이 원인일까? 아닌 게 아니라 내가 시골에 떨궈진 게 지오 책임이 아닌 건 분명했다. 그렇다면 우리 둘 다 피해자라는 말이 맞을지도 모르겠다. 그러고 있는 사이 내게도 졸음이 가만가만 다가왔다. 얼마나 졸았던 걸까? 갑자기 시끄러워지더니 어디선가 슬리퍼 끄는 소리와 함께 수다쟁이 간호사가 다시 나타났다.

"너희 그렇게 나란히 자고 있으니 꼭 쌍둥이 같다 얘!"

'쌍둥이 맞거든요?'라고 말하고 싶었는데 그러면 지오의 성형 이야기를 또 꺼내야 하니 참았다. 그 뒤로도 인내심을 발휘해야 할 순간이 여러 번 있었다. 간호사는 또다시 쌍둥이 예찬론을 펴붓기 시작했다. 이번에는 실제 예를 들먹이며 '내가 아는 쌍둥이 이야기'가 이어졌다. 역시 주제는 '선천적인 우애' '인연의 끈이 빚어낸 감동적인 스토리'가 주를 이뤘다.

"아! 그거 들었니? 인터넷 덕에 상봉한 쌍둥이 자매 이야기! 런던에 사는 프랑스 여성이 유튜브 보다가 자기랑 닮은 미국 사는 여성을 발견해서 메일을 보내서 만나 보니, 글쎄 쌍둥였다는 거야. 대박이지? 둘이 만나서 이야기해 보고는 정말 말로는 설명하기 힘든 평온과 위안을 느꼈다고 그래. 그게 우연이겠어? 결국 피가 끌려서 만난 거지."

듣고 있기가 이상하게 민망했다. 잘나가는 엄친아의 이야기를 들으며 기죽어 하는 찌질한 자식이 된 기분이 들어서 고약했다. 이 이야기를 멈춰 줄 구세주가 제발 나타나기를 간절히 바라고 있을 때, 마침 쌍둥이 동생이 구세주를 자청하고 세상 밖으로 뛰어나와 주었다. 새벽 4시 15분이었다. 날이 채 밝기 전이건만 부지런한 동생들이다.

플라스틱 바구니에 담겨 나온 쌍둥이는 애쓰고 나온 애들답게 얼굴이 빨갛다 못해 까맸다. 솜털이 보송보송한 키위 같았다. 한 바구니에 사이좋게 나란히 담긴 그 애들을 보는데 왈칵 눈물이 솟았다. 지오도 나 못지않게 감격한 듯 눈시울을 붉혔다. 물론 여러 가지 마음이 섞이긴 했겠지만, 그 안에는 분명 그 애들과 같았을 어릴 적 우리에 대한 그리움 같은 것도 있었으리라.

태교가 분명히 존재하는 것처럼 좁은 엄마 뱃속에 나란히 한 방에 누워 열 달이라는 긴 시간을 보내면서 우리 둘만의 교감이 없었으리라고 누가 장담할 수 있을까? 세상 밖으로 나가 따로 떨어져 남처럼 살게 될 거라고 우리가 예상이나 했겠냐는 말이다.

복잡한 마음은 쌍둥이가 신생아실로 들어간 뒤에도 여전히 잔상처럼 남아 있었다. 지오 역시 그런 건지 평상시에는 절대 하지 않을 말을 꺼냈다.

"쟤들은 우리처럼 떨어져 살지 않았으면 좋겠다."

그러고는 머쓱한지 눈을 비볐다. 하품처럼 자기도 모르게 나온 말일 거다.

"그러게. 그런 일이 있겠어?"

"그렇지?"

"그럼!"

별것 아닌 것에 의견 일치를 본 것만으로도 가까워진 기분이 들었다. 혹시 선천적인 우애 때문이 아닐까?

"은오야. 난 네가 부러울 때가 많았어."

"뭐? 니가? 나를?"

지오 왈, 내가 부러웠단다.

"정말? 왜?"

"넌 배부른 소리라고 하겠지만, 난 엄마의 기대가 너무 부담스러워서 미칠 것 같았어. 그래서 부산에서 편하게 지내는 네가 부러웠어. 이른 새벽 눈 비비고 그 추운 아이스 링크로 나가는 일이 죽기보다 싫었거든."

"네가 좋아서 한 거잖아."

"처음엔 그랬지. 얼음 위를 미끄러지듯이 달리는 게 얼마나 좋던지……. 근데 좋아하는 것만으로는 안 되더라구. 1등이 아니면 아무것도 아니고. 좋아하는 마음은 1등을 못 하는 순간부터 다 없어졌어. 나중엔 그런 생각이 들더라. 난 1등을 위해서 스케이트를 타는 거지, 스케이트를 타고 싶어서 하는 게 아니란 생각. 근데도 엄마한테 싫다 소리는 죽어도 못 하겠더라. 내가 잘할 때만 엄마가 행복해하는 거 같았거든."

"……너도 힘들었구나."

마음 같아서는 토닥토닥 어깨라도 두드려 주고 싶었지만 조금 쑥스러울 것 같아서 가만히 있었다. 대신 고개를 끄덕이며 경청하는 자세를 보였다.

"그러다 결국 이상한 증세가 시작되더라고. 얼음판 위에만 서면 머리가 아픈 거야. 엄마는 내가 발목 관절에 문제가 생겼다고 했지? 그게 아니라 결국 멘털에 문제가 생긴 건데…… 그래도 정신적인 건 맘먹기에 달렸다기에 극복하려고 엄청 노력했는데 결국 안 되더라고. 쪽팔리게."

그 뒤로 지오는 끝도 없이 높은 계단을 밤새도록 올라가는 꿈을 자주 꾸었단다. 지오 이야기를 듣고 있자니 마음이 너무 아파져서 한번 진하게 안아 주고 싶었다. 물론 하지 못했다. 며칠 전까지 지오에게 악악거리던 내가 떠올라 갑자기 그러는 건 좀 오글거린다. 대신 간호사가 주고 간 우유 중에 딸기우유를 지오에게 양보하고 나는 흰 우유를 마셨다. 솔직히 난 흰 우유 졸라 싫어한다.

뒤늦게 도착한 아빠와 같이 쌍둥이를 보기 위해 신생아실로 갔다. 유리 칸막이 안으로 바구니마다에 누워 있는 아가들을 찬찬히 바라보았다. 우리 쌍둥이 말고도 세상의 모든 아가는 다 하나의 보석들 같았다. 충분히 홀로 빛나는 보석들. 누군가에게 주목받지 않아도, 세상에 태어난 것만으로도 멋있었다. 나 역시 그랬을 터이고. 난 그동안 솎아진 아이란 생각 때문에 세상으로 향하는 안테나를 접어 놓고 살았다. 누군가와 닿기 위해서는 손가락을 펴야 한다. 손에 쥔 미움의 불씨를 버리고 내 안의 상처도 털어 내고 세상과 소통하기 위해 마음의 닻을 올려야 한다.

병원에서 돌아와 쓰러져 긴 잠을 잤다. 모처럼 꿈 없이 다디단 잠을 잤다. 해 질 녘 즈음, 잠에서 깨어나 보니 세상은 온통 푸른빛으로 번지고 있었다. 어느 시인은 겨드랑이에 날개가 돋았다던데 내 마음에는 튼실한 닻이 하나 올랐다. 이제 무엇이든 할 수 있을 것 같은 자신감으로 온몸이 간질거렸다.

*

마이크도 앰프도 없이 딸랑 기타 하나만으로 버스킹을 하는 일은 대로에서 짧고 헐렁한 티셔츠를 입고 물구나무서기를 하는 것과 똑같다. 목에 핏대가 설 정도로 혼신의 힘을 다해야 한다는 점, 웃옷이 훌러덩 뒤집히는 바람에 얼굴이 가려져 차라리 창피한 줄 모른다는 점, 그럼에도 불구하고 전신이 부르르 떨린다는 점, 대충 이 정도가 완전 똑같다. 노래의 첫 소절을 부르고 그 선율 속에 내 몸과 마음이 완전히 올라타기 전까지는 떨려서 정말 앞에 사람들이 하나도 안 보인다.

뮤~직 큐! / 돌아 돌아 / 주저앉지 말고 돌아
박차고 날아오르기 위해 / 네 꿈을 손에 쥐기 위해
돌다 멈춰! 네 자리에 앉아 / 아임 낫 얼론(I'm not alone)
그곳에서 외쳐! 점점 크게 / 잇츠 마이 턴 (It's my turn)
구속도 없는 진짜 너를 위해 / 뮤지컬 체어
헐거워진 네 마음이 날개를 달게 될 거야 / 뮤지컬 체어
기. 필. 코. 넌 날게 될 거야 / 유 윈!

내 노래 〈의자 뺏기〉다. 빠른 비트의 경쾌한 곡이다. 낭랑한 내 음색이 퐁퐁 튀어 마치 반짝이는 햇살의 희망찬 아우성을 듣는 것 같다고 어떤 여드름 난 또래 팬이 격찬을 했다. 노래를 아우성에 비유한 게 과연 칭찬일까 싶지만 난 그렇게 받아들였다. 희망이라니 그것만으로도 충분했다.

"너 같은 초짜는 버스킹을 할 때 사람들 귀에 익은 유명한 노래를 해야 간신히 성공한다구!"

기준이가 애써 훈수해 줬지만, 난 굳이 내 창작곡을 불렀다. 내가 거리에서 노래를 하는 일은 사람들에게 들려주기 위한 것이기도 하지만 나를 위한 것이기도 했다. 지금은 내 자신을 이기는 게 최대의 성공이니까. 고로 이 곡은 지오를 상대로 기필코 이기겠다는 좁은 의미의 의자 뺏기는 아니다. 내 노래를 듣고 지오가 그랬다.

"내용이 고무적이네. 청승 떨면서 뒷담화 까지 않고 정정당당하게 싸움박질하겠단 거잖아. 밝고 진취적이어서 좋아!"

역시! 공부 좀 하는 애답게 주제도 잘 해석하고 정곡을 찌를 줄도 알았다.

"아, 그러니까 동반 성장을 위한 건강한 의자 뺏기?"

더불어 선집도 제대로 된 평을 했다. 둘이 도서관에 붙어 다니더니 선집은 전보다 훨씬 똘똘해진 것 같았다. 여튼! 그럼에도 불구하고 지오와의 '의자 뺏기'에서 승리는 나의 궁극적인 목표다. 선집 말대로 우리 모두의 성장을 위한 거니까. 그래서 버스킹을 시작했다. 지오가 불철주야 공부에 매진하는 것처럼, 나 역시 내 꿈을 위해 부지런히 돌이라도 쌓아야 하니까. 무엇을 뺏어 손에 쥐는가는 그다지 중요하지 않았다.

진짜 요즘에는 허벌나게 바쁘다. 주말에는 버스킹, 평일에는 기준이네 사촌 형 학원에서 알바를 한다. 그리고 알바생 특별 전형으로 그 학원에서 강의도 듣는다. 매일매일 실력이 좋아지는 게 보인다고 샘이 그랬다. 벽에 막대그래프라도 그려 놓고 싶을 지경이란다. 원래 칭찬에 박하신 분인데도 그런 표현을 거침없이 하신다. 대~박!

쌓아 올려지는 건 그뿐만이 아니었다. 유튜브에 올린 내 동영상 조회수도 장난 아니게 높아져 갔다. 며칠 전에는 온라인 버스킹 동호회라며 가입을 권하는 쪽지도 받았다. 그만큼 먹힌다는 소리였다. 기분 째졌다. 유튜브 검색어에 '싱싱 캐롯'이라고 치면 뜬다. 내 이름. 싱싱한 당근, 짜장 밴드에서 나와 독립한 보컬이니까. 난 짜장에서 탱글탱글한 붉은색의 튀는 당근이고 싶어 그렇게 지었다. 내 말에 선집이 놀렸다.

"당근이라고? 그럼 우리 짜장 밴드도 간짜장 밴드로 바꿀까?"

*

어디선가 바람이 불어왔다. 바람은 늘 불고 싶은 대로 분다. 다만 의지를 가진 돛이 바람을 타고 원하는 곳으로 나아간다.

'돌아 돌아, 주저앉지 말고 돌아.'

열심히 움직이는 동안에는 두려움을 떨칠 수 있다. 주저앉아 툴툴거리지 않는 내가 진짜 마음에 든다.

작가의 말

이 소설에서의 '의자 뺏기'는 경쟁 사회에서 살아남기 위해 남의 것을 빼앗는 그런 살벌한 일을 뜻하지 않는다. 자생력을 갖고 자기 의지로 몸소 움직여 자기 몫을 잘 건사하자는 의미의 건강한 의자 뺏기이다. '함께 성장하기 위한 내 몫의 의자 찾기'라고나 할까?

몇 해 전 방영된 드라마 속 대사가 기억에 남는다. "가득 찬 컵에서 흘러내린 물로 베풀어라." 자기부터 먼저 챙기고 남은 여유로 베풀어도 된다는 말을 듣고 뭔가 크게 깨달은 듯한 주인공의 표정도 인상적이었다. 내 몫 없이는 남을 보살피기 어렵다. 마음이 약해서 원치 않는 양보를 한다거나 혹은 자기 자신을 돌보지 않아서 본의 아니게 원치 않는 길을 걷지 않기를 바란다. 그리하여 누군가를 원망하거나 상대의 발목을 잡는 사람이 되지 않기를 바란다. 세상에는 독이 되는 배려도 있으니까.

자기 자신부터 잘 살피고 돌아보면서 세상에서 제일 중요한 나를 위한 나만의 의자를 마련하도록 하자. 그리고 내 몸과 마음에 딱 맞는 의자를 만들 수 있는 사람은 바로 나 자신임을 잊지 말자. 그러기 위해서는 나를 먼저 알아야 할 것이다.

'삶은 저마다 자기 자신에게 이르는 길'이라는 헤르만 헤세의 말이 시사하듯이, 자기 자신을 모르면 삶의 행로에서 헤매고 다니는 일을 거듭할 수도 있다. 모두가 좋다는 길, 더욱이 요즘처럼 지나치게 많은 정보가 주어질 때는 더더욱 자기를 잃고 떠밀려 다니기 쉬우니까. 내가 나를 모르면 나도 모르는 무언가가 나를 끌고 갈 수 있다는 걸 기억하자.

모든 건 나에게 달렸다. 선택지가 많지 않은 청소년에게 이 말은 과한 것 같기도 하지만 이 말을 믿어야 첫발이 시작된다. 나 자신을 믿고 내가 할 수 있는 것을 발견하고 마음을 다해서 해 보자. 그렇게, 내 의자를 찾게 될 것이다. 길은 찾는 자의 몫이니까. 세상에서 제일 소중한 나를 위해 내 의자 하나쯤은 스스로 마련해 가기를 바라는 마음으로 이 작품을 전한다.

가을이 시작되는 어느 날

박하령

의자 뺏기

초판 1쇄 펴낸날 2025년 9월 25일

지은이 박하령
펴낸이 김민지

편집 최성휘, 박다예
마케팅 백민열, 이윤서

펴낸곳 미래M&B
등록 1993년 1월 8일(제10-772호)
주소 04030 서울시 마포구 동교로 134 미진빌딩 2층
전화 02-562-1800(대표)
팩스 02-562-1885(대표)
전자우편 mirae@miraemnb.com
홈페이지 www.miraeinbooks.com
블로그 blog.naver.com/miraeibooks
인스타그램 @mirae_inbooks

ISBN 978-89-8394-686-7 (43810)

* 잘못 만들어진 책은 구입처에서 바꾸어 드립니다.
* 미래인은 미래M&B가 만든 청소년, 성인을 위한 브랜드입니다.